死の運命を回避 に、
未来の大公様、
私と結婚してく

上

Mashimesa Emoto
江本マシメサ

Illustration:Ichino Tomizuki
冨月一乃

Ni NOVELS

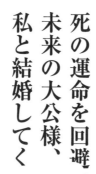

CONTENTS

死の運命を回避するために、未来の大公様、私と結婚してください！　上

プロローグ

国家予算を横領し、平和だった国内で内乱を起こしたとして、歴史ある〝盾の一族〟シルト大公家は、長年ライバル関係にあった〝剣の一族〟シュヴェールト大公家によって粛清《しゅくせい》される。

私が身を隠していた滞在先に、当主であるクラウスが乗りこんできた。

黒い髪に赤い瞳を持つ、〝悪魔大公《あくまたいこう》〟の名にふさわしい、恐怖と威厳に満ち溢《あふ》れた姿である。

手にはシュヴェールト家に伝わる伝説の剣〝レーヴァテイン〟が握られていた。

レーヴァテインは勝利の剣と呼ばれており、どんな怪物でも斬り伏せ、勝つことができる最強の武器。それを持ち出したということは、クラウスが本気で私達を殺しにやってきたというわけだ。

クラウスが悪魔のような形相で迫ってきたので、逃げ惑っていたクズな夫ウベルは、最終的に私を盾にしながら叫んだ。

「わ、悪いのはこの女、エルーシアだ！　俺は彼女に唆されて、さまざまな罪に手を染めてしまったんだ！」

彼を唆したのは私ではなく、父の後妻であるイヤコーベと継子のジルケだ。彼女達は我が家に災難を招く天才で、ウベルを使って想像を絶するほどの悪事に手を染めてきたのだ。

父だけでなく、兄バーゲンも彼女達の陰謀に引っかかり、命を落としてしまった。

ウベルも、ある意味では被害者なのだ。ただ、すべて乗り気で実行していたので、情状酌量の余地はまったくない。

「俺は悪くない‼」

保身に走るウベルだったが、クラウスは聞く耳なんて持たなかった。

クラウスは悪魔と見紛《みまご》うほどの世にも恐ろしい表情を浮かべ、ウベルに問いかける。

「おい、〝ヒンドルの盾〟はどうした?」

ヒンドルの盾というのは、我が家に伝わる家宝だ。

どんな攻撃も防ぐ最強の防具である。

「あ、あんなの、偽物だ！　ちょっと持ち上げただけで、ボロボロになってしまったんだ」

クラウスは信じがたい、という表情で見つめていたが、嘘《うそ》は言っていない。

逃走資金を稼ごうと、ウベルがイヤコーベやジルケとヒンドルの盾を持ち出そうとした瞬間、亀裂が入り、あっという間に朽ちてしまった。正統な後継者でない者が触れたので、そうなってしまったのだろう。

ちなみに、イヤコーベとジルケは支援してくれる者達を見つけ、さっさと国外へ逃亡した。ウベルはさんざん利用された挙げ句、あっさり捨てられたのだ。

「この女こそ、正統なシルト大公家の娘であり、諸悪の根源だ！　殺すなら、この女だけにしてくれ！」

本当に、心の奥底からのクズ男である。三百回以上生まれ変わっても、汚染された魂は浄化されないだろう。どうしようもない奴《やつ》なのだ。

もうこれ以上、惨めでみっともない姿を見せることもないだろう。私は最期の復讐《ふくしゅう》とばかりに、クラウスに懇願《こんがん》した。

「わたくしごと、彼を斬って、殺して」

「エルーシア、お、お前、何を言っているんだ‼」

間髪を入れずに、クラウスはレーヴァテインで私とウベルを斬り伏せる。

平和だった国に起きた大きな争いは、シルト大公夫妻の死をもって終結となった。

だが、めでたしめでたしで終わるわけがなく――。

ヒンドルの盾とそれを保有していたシルト大公家は国の結界そのもので、守りの要だった。

盾の一族を失った国は、他国に攻め入られ、あっという間に滅びてしまう。

剣と盾で始まった国らしい最期だった――。

第一章　まるでシンデレラみたいな日常

「――はっ⁉」

まだ、太陽が昇らないような時間帯に飛び起きる。

慌ててお腹《なか》を押さえたが、レーヴァテインでクラウスに斬られた傷跡はない。

「ゆ、夢、だったの？」

クラウスのぞっとするような迫力や、ウベルのクズな物言い、レーヴァテインで斬られた痛み、血の臭いは今でも思い出せるくらいだった。それなのに、夢だったようだ。

「最悪」

思わず、独りごちる。

これまで〝みて〟きた中でも一番酷い、私自身が死ぬという残虐極まりない内容だった。

どうして、そんな運命を辿《たど》ってしまうのか。頭を抱え込んでしまう。

なぜならこれは、ただの夢ではないからだ。

私は幼少期より、夢が現実となる予知夢をみる能力があった。

最初はどれも偶然だと思っていた。

けれども、メイドの死を予知してしまったのをきっかけに、信じるしかなくなってしまったのだ。

それは何年前だったか。私が六歳か七歳の頃の話である。

予知夢については誰にも打ち明けたことがなかったのだが、屋敷でよく見かけるメイドの死を夢にみてしまい、いてもたってもいられなくなってしまったのだ。

彼女とは話したことがなかったのだが、勇気を振り絞って「あなたは今日の夕方、四頭の葦毛《あしげ》の馬に轢《ひ》かれて死んでしまうの」と伝えた。

しかしそれを聞いたメイドは私に感謝するどころか、気味が悪いと言って信じなかった。

そして、その日、夢でみたとおり、メイドは四頭の葦毛の馬に轢かれて死んだ。やはり予知夢は本物だったのだと、気付いた日の話である。

予知夢は知らない人からしたら不気味な能力で、必死になって伝えても信じてもらえないのだ。

それからというもの、私は予知夢について誰にも打ち明けていない。

メイドの命は助けられなかった。夢でみる運命は、絶対に変えられないものなのか——なんて、疑問を抱くようにもなった。

私は予知夢でみた内容を変えられないものか、行動に移してみた。

雨や嵐などの天候は絶対に変えられない。洪水や地震などの天変地異も同様に。

けれども夕食のメニューや物の破損などは、私の立ち回りによって予知夢でみた内容から変えられる。馬に轢かれたメイドも縄でぐるぐる巻きにしてでも強引に引き留めたら、死なずに済んだのかもしれない。

ただ、予知夢でみた出来事を変えると、私に異変が起こった。

未来を変えてしまうと、なんらかの力が働くのか、吐血してしまうのだ。大きく変化したときは、何日も寝込んでしまう。

きっと、能力を利用した代償なのだろう。

ある日、最低最悪の夢をみる。

それは父の愛人、イヤコーベが継子であるジルケとともに我が家にやってきて、これから一緒に住むと宣言する、という内容だ。

父はイヤコーベの肩を抱きながら「新しいお母さんだ」と紹介し、嬉しそうに微笑《ほほえ》んでいた。

母は一年前に亡くなったばかりなのに、喪が明けた途端、結婚するようだ。

夢から醒《さ》めた瞬間、猛烈な吐き気を催した。間違いなく悪夢であった。

その日から、毎日のようにイヤコーベとジルケが登場する夢をみるようになる。

彼女達は父のいるところでは全力で媚《こび》を売り、いないところでは私をいじめ倒す。

母のドレスや宝石はひとつも残さずに売り払い、母が私に遺《のこ》したエメラルドの首飾りですら取り上げてしまったのだ。

イヤコーベは父が仕事でいない隙を見計らい、愛人を大勢招いていた。

ジルケは私の婚約者であるウベルに色目を使い、ふたりはいつしか恋人関係になっていた。

そして二人は暇さえあれば私をいびり倒し、贅沢《ぜいたく》三昧の暮らしをする。

シルト大公家の財産がなくなると、勝手に土地を売ったり、領民を攫《さら》って奴隷商へ受け渡したり、と悪逆の限りを尽くしていったのだ。

あの母娘《おやこ》がやってくることだけは、絶対に阻止しないといけない。たくさん血を吐いて、何日も寝込むことになったとしても。

幸い、父は私に優しかった。

新しいお母さんなんていらない。ふたりで仲良く暮らしていこうと必死になって訴えたのだ。

父は私の頭を撫《な》でながら、「わかったよ」なんて言ってくれた。

けれど、安堵《あんど》したのもつかの間のこと。

舌の根の乾かぬうちに、父はイヤコーベとジルケを連れて帰ってきたのである。

裏切り者、と心の中で父を罵ったのは言うまでもない。

どうして再婚したのか聞いたところ、私が心の奥底では寂しがっていると感じたそうだ。

なぜ、そういう勝手な解釈をしてしまうのか。

父は優しい人で間違いないが、お人好《ひとよ》しで、相手の気持ちを勝手に推し量ってしまう悪癖がある。

それだから、イヤコーベとジルケに騙《だま》されて、死んでしまうのだ。

そう、彼女らは、父を亡き者にし、シルト大公家の財政を握ろうと企んでいるのである。とんでもない悪女母娘であった。

予知夢は時系列を無視して、さまざまな未来を私にみせてくれる。中でも最悪なのが、クズな夫と結婚した私が無惨に殺される内容だ。

私は夢でみた内容を忘れないように、日記帳に記録していた。

かじかむ手を摩《こす》りつつ、インクを節約しながら書いていく。

今日はいつもより寒い。暖炉に薪《まき》を使うなんて許されているわけがなく、毛布を体に巻き付けた状態でいた。

これまで酷《ひど》い夢ばかりみてきたが、殺される夢は初めてである。

夢の中では毎回、高いところから見下ろすように傍観していた。そのため、私の姿もはっきり見えるのだ。殺されたときの年齢は、二十代後半くらいだった。今、私は十六歳なので、十二、十三年後の未来の話なのか。

盛大なため息が零《こぼ》れる。絶望でしかない未来なんて、早く終わればいいのに。

インクが乾くのを待って日記帳を閉じる。しっかり鍵をかけて、引き出しの隠された収納にしまう。

予知夢を記録した日記帳は三冊目になっていた。

整理したいと考えているのだが、そんな暇はない。

なぜならば――。

「エルーシア、いつまで眠っているんだい⁉」

イヤコーベに仕えるメイド、ヘラが、まだ夜明けと言っても過言ではない時間帯なのに、私を起こしにくるのだ。

しぶしぶ扉を開くと、唾を飛ばしながら罵声を浴びせてくる。

「まったく、どんくさい娘《こ》だね！　仕事はたっぷりあるんだよ！」

仕着せが床めがけて乱暴に投げられる。

朝から炊事、洗濯、掃除をするのが私に命じられた、貴族女性としての行儀見習いらしい。

これはイヤコーベが考えたもので、父は私がきちんとした淑女教育を受けていると思い込んでいる。

水仕事で酷使したボロボロの手を見せながら酷い目に遭っていると訴えても、イヤコーベが「年頃の娘はこんなものですよ」なんて言ったら父は信じてしまうのだ。

優しいと思っていた父は、少しずつ少しずつ変わりつつある。イヤコーベと結婚した影響なのだろうか。よくわからない。

そんなことよりも、今はヘラの無駄としか思えない小言から解放されたかった。

「十六歳の娘だというのに、手も足も肉付きが悪くてガリガリだねえ。こんなんだったら、結婚相手なんて見つからないよ!!」

余計なお世話である。

今日はただでさえ、自分とクズな夫が仲良く串刺しにされて殺されるという夢をみて、頭がズキズキ痛むというのに。

来年、私は社交界デビューを果たす。

結婚相手はそこで見初められるか、父親が探すかの二通りある。

私の場合は、特殊な例かもしれない。

兄が年末の休暇に未来の夫であるウベルを連れてきて、私達は出会うのだ。

ウベルは私を見初め、父に結婚させてほしいと乞うたのである。

夢でみたウベルは優しくて、爽やかで、かっこよくて、私は一刻も早く会いたいと思っていた。

けれども、予知夢の回数を重ねるにつれて、彼の鍍金《めっき》は剝がれていった。

女好きでお金にだらしがなくて、お酒好きで、隠れてジルケと体の関係を持つようになる。

そして最終的に私を盾にして、クラウスに命乞いをするというクズっぷりを披露してくれるのだ。

そんなウベルと出会うのが、今年の冬である。

一度も会ったことなどないのに、すでに会いたくなかった。

ゴワゴワと肌触りの悪い、安っぽい仕着せを着る。エプロンの紐《ひも》を腰に回し、しっかり結んだ。

これらはイヤコーベが用意してくれた、行儀見習いの正式な恰好《かっこう》らしい。

下働きの召し使いも身に着けないような、粗末な服装である。イヤコーベは私のドレスを奪い、娘のジルケに与える代わりに、この服を買い与えたのだ。

酷いとしか言いようがないのだが、逆らうと酷い目に遭うというのは、予知夢であらかじめみていた。従うふりをしたほうが私自身の保身に繋《つな》がるのだ。

洗面所の水は酷く冷たい。以前はメイドが温めてくれたお湯で顔を洗ったり、歯を磨いたりしていたのだが……。

奥歯を噛《か》みしめつつ、身なりを整える。手は真《ま》っ赤《か》になってかじかみ、全身の震えも治まらない。

ただ、死よりも恐ろしいものはない。そう思いつつ、今の状況を耐える。

その後、私は使用人達が働く階下に向かった。

イヤコーベとジルケ母娘がやってきてからというもの、使用人は総入れ替えとなった。

というのも、古くから働く使用人達は、新たな女主人であるイヤコーベに従わなかったのである。

イヤコーベは貴族の娘だと主張していたようだが、言葉や態度は軽薄で品がない。お金で爵位を買ったどこの馬の骨かもわからない男の娘であろうことは、明白であった。

そんな彼女がただ偉そうに命令するので、使用人達は言いなりになりたくなかったのだろう。腹を立てたイヤコーベは全員解雇し、どこから連れてきたのかわからない使用人達を雇い集めたのだ。

イヤコーベやジルケの侍女をしたいと望む者は見つからなかったらしい。

何人か面接をしたようだが、向こうから辞退されてしまったようだ。

侍女というのは、女主人の手足となり、母のような、姉のような優しさで侍《はべ》ってくれる、既婚の貴族女性である。生粋の貴族女性が、あの母娘に従うわけがなかった。

そんなわけで、貴族の家で乳母《うば》を務めていたという真偽は謎でしかない経歴があるヘラが、イヤコーベの専属メイド兼腰巾着として傍《そば》にいるというわけだ。

少し前まで働いていた使用人達は、私に敬意を示してくれた。

皆、優しかったし、働き者だった。

けれども今の使用人達は――驚くほど怠け者ばかり。

厨房に向かったものの料理人は誰もおらず、窯に火すら入っていなかった。

またか、と思いながら火を熾《おこ》す。

イヤコーベとジルケが起きるまでに朝食がなかったら、二人は私を責めるのだ。

彼女達に捕まって朝の時間を無駄にしたくない。そう思い、朝食の準備を進めておく。

昨日の残りのスープにトマトの水煮を加え、味を調える。少しアレンジするだけで、新たに作ったスープだと騙せるのだ。

あとはゆで卵にベーコン、サラダを用意し、お皿に盛り付けておく。

パンは外に配達されていたが、朝の気温でカチコチだった。

窯で焼き直すと、焼きたてみたいにふっくら仕上がる。

これらの料理を、休憩室からやってきたヘラと共に運んでいくのだ。

すでに、父は出勤していていない。朝食は職場の食堂で食べているようだ。

これに関しても、再婚してから変わった点である。以前までは私と一緒に食堂で挨拶をし、朝食を共にしていたのに……。

寂しい気持ちはあるものの、変わってしまった父を気にしている場合ではなかった。

イヤコーベとジルケは寝間着のまま、堂々たる足取りで食堂へとやってくる。だらしがないが、注意する人なんているわけがなかった。

ジルケは私を見るなり、ニヤリと笑いながら話しかけてきた。

「ねえ、昨晩頼んでおいたトマトのスープ、きちんと早起きして、しっかり作っただろうね？」

「もちろんですわ、ジルケお嬢様」

ジルケのほうが年下なので呼び捨てで問題ないのだが、彼女はなぜかお嬢様と呼ぶように強いるのだ。無視すると頬を叩《たた》くので、従う他ない。

ジルケは食前の祈りもせずに、トマトのスープを食べ始める。

「んー！　やっぱり朝はトマトのスープだね！」

昨日の残りをアレンジしたとはバレていないようである。

イヤコーベはパンを指さし、私に質問してきた。

「このパンは、朝からしっかり生地をこねて、窯で焼いたものかい？」

「当然です」

外でカチンコチンになっていた出来合いのパンだが、彼女が違いに気付くわけがない。

「大公夫人、焼きたてですので、火傷《やけど》をしないように気を付けてくださいね」

「わかっているよ」

イヤコーベも、ジルケ同様に大公夫人と呼べと強要してきた。

まったく呆《あき》れたとしか言いようがない母娘である。

イヤコーベはパンを手でちぎりもせず、そのまま食いちぎる。

「やっぱりパンは焼きたてでないと、喉を通らないんだから！」

さっきまでカチコチだったパンに気付かないなんて、なんとも残念な喉である。

朝から彼女達に付き合っていられない。そう思いつつ会釈をし、食堂から去った。

それから洗濯や床磨き、イヤコーベやジルケの部屋の清掃に昼食作りなど、次々と仕事を言い渡される。

私に唯一許された有意義な時間は、ジルケのために父が呼んだ家庭教師との学習時間である。

ジルケは勉強したくないようで、私に授業を受けさせるのだ。

リッケルト先生は八十七歳の現役教師で、私をジルケだと思い込んでいる。

騙していて申し訳ないと思いつつも、将来のために知識は蓄えたい。

そんなわけで、私は意欲的に勉強していた。

成人したら、家を出てひとり暮らしをする予定だ。明るい未来のために、お金と知識を貯《た》めている最中なのである。

学習時間が終わると、ジルケが大声で私の名を叫びながらやってきた。

「エルーシア！　これからお茶会なの！　ドレスを寄越《よこ》しな！」

まるで盗賊のようだ、と思いつつ、彼女を部屋に招き入れた。

「見てみな。今日はヴェルトミラー伯爵家の招待を受けているんだ」

ジルケが見せてくれたのは、私宛ての招待状である。勝手に開封し、呼ばれてもいないのに参加するつもりらしい。しかも、相手は私と仲がよかったマグリットからだ。

「あの、それはわたくしのお友達、マグリット様からのお手紙では？」

「そんなわけあるか！」

ぽっと出の、名家の生まれでもないジルケに、お茶会の招待なんて届くわけがないのに。

ずんずんと部屋を闊歩《かっぽ》し、クローゼットの中にある服を物色する。

「この前、フィルバッハが作った新作ドレスが届いていただろう？　あたし、知っているんだから！」

フィルバッハというのは、王都で大人気のドレスブランド店を経営するデザイナーだ。

亡くなった母の友人で、新作ができるとかならず私に贈ってくれるのだ。

私を可愛《かわい》がってくれる、数少ない大人のひとりである。

ドレスは弟子が直接運んでくるので、私のクローゼットに収められているわけだ。

ジルケは私宛てに届いた品も奪ってしまう。

私が大切にしているものは、なんでも欲しがる困った悪癖があるのだ。

ここにやってきたときも、ドレスを持っていないからと父に泣きつき、私が持っていたドレスのほとんどを取り上げてしまった。

彼女が欲しがるのは、ドレスだけではない。私が使っていた部屋をまるごと欲しがり、父の前で駄々を捏《こ》ねたのだ。

イヤコーベが「ジルケは父親がおらず、不幸な娘だったんだ！」と泣きついたら、父は妹に部屋を譲るように言ったのである。

姉は妹のために犠牲になるのが普通らしい。

バカバカしいと思ったものの、予知夢で彼女らの邪悪な気質を把握していた。

部屋を譲るくらい、なんてことないと思ってしまったのだ。

それから私は、日当たりがよすぎる部屋を押しつけられた。部屋を移動したあとの面倒を父が見るわけもなく、質素な寝台にテーブル、椅子、クローゼットがあるばかりの部屋で過ごすこととなったのだ。

父はきっと、私がこのような部屋で過ごしているなど、知る由もないだろう。知っていたとしても今の変わってしまった父ならば、「ここで我慢するんだ」と言うかもしれない。

今となっては、父なんて頼りにしていなかった。私自身がしっかりして、どうにか現状を打開するために動かなければならない。

ひとまず現在は、イヤコーベやジルケにとっての私が、無害の娘であるというイメージを植え付けている期間なのだ。

メイドの下働きとしか言えない行儀見習いも始まり、忙しい日々を過ごす中で、ジルケはさらに私から何か奪おうとやってくる。

ジルケはクローゼットの中にあった唯一のドレスを掴《つか》み、体に当てる。それは袖口がふんわりと膨らんでおり、スカートには星みたいに宝石が縫いつけられているドレスであった。

「ふふん。あたしのサイズにぴったりだね。あんたにはもったいないから、貰《もら》ってあげる！」

瞬間、私はジルケに泣きついた。

そんな反応を見たジルケは、満足げな様子でほくそ笑む。

彼女は私が泣いたり、苦しんだりする姿を見るのが、何よりも楽しいのだ。

「酷いですわ！　それはわたくしのために仕立てられた、特別なドレスですのに！」

「これはあたしのほうが着こなせるんだよ！　時間に遅れるから、離れな！」

ジルケは私を蹴り上げ、ドレスを握ったまま部屋から去っていった。

「うっ……うう……ううう……はあ」

演技はここまでにしよう。熱を入れすぎると、疲れてしまうから。

はーーと盛大に息をはき、床の上に転がる。

あまりにも上手《うま》くいったので、にやける口元を手で覆う。

先ほどジルケが奪っていったドレスは、フィルバッハの新作ではない。

中古のドレス店で購入した、二十年ほど前のドレスだ。

フィルバッハのドレスは、その店で売ってしまった。

申し訳ないと思いつつも、着ていく場所なんてないし、今は少しでもお金が必要なのだ。

フィルバッハのドレスは高値で売れる。将来のための貯蓄となっていた。


数時間後――お茶会から戻ってきたジルケは、怒りの形相で私のもとへとやってくる。

「ちょっと！　どう責任を取ってくれるんだよ！」

ジルケは私の頬を叩き、呆れたとしか言いようがない怒りをぶつけてくる。

「このドレスを、みんながフィルバッハのドレスじゃないって言うんだ！　どうしてあたしを騙したんだよ！」

騙してなんかいない。私は一言も、クローゼットにあるドレスはフィルバッハから贈られたものだと口にしていなかった。

ジルケが勝手にフィルバッハのドレスだと信じ、奪っていったのだ。

「あんたのドレスのせいで、お茶会で無視されたんだから！」

それは、私が招待されたお茶会にジルケが勝手に参加したからだろう。

貴族は相手の洗練された態度に対して敬意を払う。

淑女教育を終えていないジルケが、受け入れられるわけがないのだ。

ジルケからは何度も叩かれ、その後、イヤコーベからも呼び出しを受ける。

彼女は服に隠れるような場所を鞭《むち》で打つのだ。

今日は特別酷い目に遭った。

けれども予知夢を利用し、フィルバッハのドレスが奪われるという事態は回避できた。

その影響か、夜、熱を出してしまった。咳《せ》き込むと、一緒に血を吐いてしまう。

未来を変えた代償が、私に襲いかかってくるのだ。

こういう状態になっても、夢でみたように何もかも奪われて惨めな気持ちにはなっていない。

私の手元には、お金が残っていた。

このまま上手く立ち回れば、いつか家を出て、ひとりで楽しく暮らしていける。

そう信じて疑わなかったが――私はその日の晩、夢にみてしまった。

成人するまでお金を貯め、家を出た私がのんびり平和に暮らす中で、突然襲撃を受ける。

ウベルが私を捜しだし、家に連れて帰るのだ。

家に戻された私はウベルと結婚させられ、いいように利用されてしまう。

いくら逃げても逃げても、かならず見つかって連れ戻されるのだ。その後は、鞭打ちや食事抜きなど、酷い仕打ちを受けるのだ。

地獄のような毎日である。

「――エルーシア、いつまで寝ているんだい!!」

ヘラの叫びで覚醒する。最悪な目覚めだった。

今、頑張って乗り切ったら、どうにかなる。私の未来は明るいと信じて疑わなかった。

けれども、思い描いていた未来は、真っ黒に塗りつぶされてしまった。

どうあがいても、私はシルト家やウベル、イヤコーベとジルケから逃れられない。

一生、彼らに利用されて、最期は無惨に死ぬ運命なのだ。

◇◇◇

あっという間に降誕祭のシーズンとなる。

ジルケは父から山のように、贈り物を買ってもらったらしい。

私の分はないの？　と思ったものの、父は再婚してからすっかり変わってしまった。

それに高価な品を貰っても、イヤコーベやジルケに奪われる可能性が高いので、最初から何もないほうがマシだろう。

イヤコーベは下品な宝石商から、高額の首飾りや耳飾りを買ったと自慢してくる。

値段を聞いたのだが、ずいぶんと法外な値段で購入したのだな、としか思えなかった。

平民育ちの貴族だと思って、足元を見られてしまったのだろう。

イヤコーベは高い物はいい品に違いないと信じているようで、明らかに安っぽい宝石を得て、嬉しそうに微笑んでいた。

「貴族の夫人はこういう宝石をたっぷり持っているんだって。そういえば、エルーシア、あんたの死んだ母親も、たっぷり持っていたんじゃないの？」

「わかりません」

「探しにいくよ」

イヤコーベは私の腕を摑み、連行するように歩き始める。

母の部屋は生前のまま。暗くて不気味な部屋だと言って、イヤコーベは使いたがらなかった。それなのに、母の部屋の鍵はイヤコーベが所有し、しっかり施錠されている。

私の立ち入りは一度も許可されず、今に至っていたのだ。

「さあ、さっさとこっちに来るんだ！」

イヤコーベからこうやって乱暴に手を引かれ、母の遺品が奪われる様子はすでに夢でみている。

母の遺書に、遺品はすべて私に遺した物だと書いてあったと訴えても、聞く耳なんて持っていなかった。

抵抗したら暴力を振るわれることはわかっているので、今は唇を嚙みしめ、耐えるしかなかった。

「おや！　こんなにたくさん品物があるなんて！」

イヤコーベは途中で会ったヘラと共に、母の遺品をかき集める。

ドレスに宝飾品、靴に帽子、化粧品など、寝台の上に並べていった。

「エルーシア、これはすべて、あたしの部屋に運んでおいてくれ。どれも古くさい品ばかりだけれど、困ったときにお金にできるだろうから」

「かしこまりました」

ヘラが片方しかなかった耳飾りを掲げつつ、イヤコーベに懇願する。

「大公夫人、こちらの片耳しかない耳飾りを貰ってもいいでしょうか？」

「ふん、仕方がないね。特別だよ」

「ありがとうございます」

母の遺品は箱に詰め、手押し車で移動する。

運ぶ先は――私の部屋である。

絨毯《じゅうたん》を剝ぎ、母の遺品を床下収納に収めると、代わりに別の品を入れていく。

それは、中古のドレスやガラスの宝石である。いつもの作戦であった。

どうせ、見る目がないイヤコーベにはバレやしない。

片方だけの耳飾りも、偽物の宝石でできたものを購入し、用意しておいたのだ。

母のドレスや宝飾品は見つからないように絨毯で覆い、上から戸棚をずらして置いて剝がれないようにした。

母の遺品は、さすがに売る気にはなれなかった。

代わりにガラクタとしか言いようがない品々を、イヤコーベの部屋へ運んでおく。

これで、夢でみたように母の遺品が奪われる、という事態は回避した。

自室に戻る途中で、くらりと目眩に襲われる。未来を変えた代償が襲ってきたのだ。

「う……げほ」

手で口元を押さえつつ、咳き込む。エプロンに、血がポタポタと滴ってきた。

立っていられず、その場に頽《くずお》れる。

使用人が通りすぎたが、誰も私なんか気にも留めない。

これまでは将来のためあと少しの我慢だと耐えていたが、最悪の未来をみてしまったので、心が折れそうだ。

「あら、エルーシアじゃないか。そんなところに座り込んで、何か楽しいことでもあった？」

ジルケが楽しそうに顔を覗《のぞ》き込んでくる。

私が血を吐き、顔を青くさせ、今にも泣きそうだと気付いたら、彼女を喜ばせてしまうだろう。

エプロンで血を拭い、ぐちゃぐちゃに丸めて見えないようにする。

前を向いて、具合の悪さなんて悟られないようにした。

「ボタンを、落としてしまいまして」

「あんたって、不幸の塊みたいな娘だね。おかしくてたまらないよ」

本当に、ジルケの言うとおりだ。

予知夢の能力がなければ、今頃私は、兄が手紙で寄越してきた「いい男を紹介してやる」なんて言葉に心を躍らせていただろう。

今、私に残っているのは、ひと欠片《かけら》の希望なんかではない。

ジルケに惨めな姿を見せたくないという、虚勢心だけである。

「あんたのその真っ赤な口紅、きれい。あたしにちょうだい！」

「……あげられるものなら、とっくの昔にあげていますわ」

彼女が珍しく褒めた真っ赤な唇は、血で染まったものである。

「何よ！　エルーシアのけち！」

ぎゃあぎゃあと叫ぶジルケを無視し、部屋に戻った。

屋敷の住人だけでなく、使用人までも浮き足立つ降誕祭のシーズンに、とうとう兄バーゲンが帰ってきた。

今日、初めてイヤコーベとジルケと顔を合わせたようだ。

猫を被《かぶ》った母娘にちやほやされて、満更でもない、といった様子である。

仕着せをまとっている妹に対する違和感など、これっぽっちもないようだ。

兄は寄宿学校に在籍しており、年に四回ある休暇期間にしか戻ってこない。

ふたつ年上というだけで無駄に偉そうで、高慢で、鼻持ちならない男である。

予知夢では学校卒業後に結婚し、イヤコーベが差し向けた女に毒を盛られ、腹上死だったか。どうしようもない女好きだったようだ。

妻がいる身分で、女遊びをするからそんな目に遭うのである。同情なんて欠片もできない最期だった。

父が亡くなり、シルト大公家の後継者であった兄が死んだのと同時に、夢の中では私と結婚したウベルが当主を名乗るようになる。

国の決まりでは、シルト大公家は血族以外継げないのだが、勝手に大公気取りをしていたようだ。

この未来は、変えられるのか。

父はともかくとして、兄の運命は変える価値などないのでは、と思ってしまうのだが……。

兄の帰宅から三日後に、ウベルがやってくる。

客間に案内された彼は、我が物顔で長椅子に腰かけていた。

彼のために紅茶を淹《い》れるよう、兄から命令される。なぜかジルケまでいて、「あたしの分もお願い」、と尊大な態度で言ってくる。無視すると仕返しされるので、彼女の分も用意してあげた。

ジルケは恋する乙女《おとめ》のような表情で、ウベルを見つめている。

それも無理はないだろう。

ウベルは濃褐色《ブラウン》の髪に、琥珀色《アンバー》の瞳が輝く、すらりとしたスタイルのよい爽やかな青年である。

彼はヒンターマイヤー伯爵家の次男で、宮廷で働くことを夢見ていると兄からの手紙にあった。

実際に彼が抱いているのは、そんな可愛らしいものではない。

予知夢でみた情報では、ウベルは王権に匹敵する権力、〝護国卿《ロードオブプロテクター》〟の座を狙っていた。

それはかつて、盾の一族であるシルト家と、剣の一族であるシュヴェールト家がひとつの家門だった時代に任命されていた官職であった。

長年にわたり、ライバル関係にあるふたつの家門は、もともとはひとつだったのだ。

なんて話を兄はウベルを交えつつ、ジルケに語っていた。

ジルケは酷くつまらない、という表情を浮かべている。興味がないのは見て取れた。

「なあ、ジルケ。盾の一族と剣の一族の、始まりの物語は知っているか？」

「知らなーい」

「仕方がないな。聞かせてやる」

兄は自慢げに、話し始める。それは、私が幼少期にさんざん聞かされたものだった。

「我が国はその昔、取るに足らないような小国だった。けれども、最強の武器〝レーヴァテイン〟と最強の防具〝ヒンドルの盾〟を持つ英雄ひとりの力により、大きく発展した」

国王は英雄の活躍を賞賛し、護国卿の地位を与えた。英雄は王女と結婚し、子宝にも恵まれる。

ただ、英雄は短命だった。三十五歳という若さで、命を散らす。

英雄にはふたりの息子がおり、兄はレーヴァテインを、弟はヒンドルの盾を託される。

その後、順風満帆とはいかず、兄弟は仲違《なかたが》いし、継承したレーヴァテインとヒンドルの盾を使って三日三晩戦うこととなった。

結局勝負はつかず、兄弟はいがみ合ったまま。

喧嘩《けんか》の原因は継承権についてだった。兄弟は双子で、父親の後を継ぐのは長子のみ。弟はそれに対し、どうしても納得いかなかったようだ。

さすがは英雄の息子と言うべきか。兄弟が戦ったあとは、焼け野原となった。

これ以上、国を内側から荒らされてはならない。

国王は兄と弟、それぞれに新たな爵位を与えることにした。

レーヴァテインを継承した兄は、〝シュヴェールト大公〟を。

ヒンドルの盾を継承した弟は、〝シルト大公〟を。

以降、兄弟は争うことを止《や》めたものの、一族同士は何年、何百年と経《た》ってもいがみ合い続け、仲が悪いまま今に至る。

話の途中でジルケは大あくびをしていた。

唯一、ウベルのみが身を乗り出し、興味津々だとばかりに聞いていた。

「ってことは、バーゲン、シルト大公家とシュヴェールト大公家は親戚関係にあるのか？」

「まあそうだが、建国から千年以上経っているから、双方の家の血はかなり薄まっているだろうよ」

「なるほど」

今はもう、親戚だなんて言えないだろう。王族のほうが、まだ近しい存在と言える。

「バーゲンとクラウスの野郎が親戚関係だったら、面白かったのにな」

クラウスの名が出た瞬間、胸がドクンと脈打つ。

彼に斬り裂かれる予知夢は、今でも鮮明に思い出すことができた。

突如として話題に上がったクラウスの名に、私だけでなく兄も反応する。

「クラウスが親戚だって？　ゾッとする。あいつはシュヴェールト大公の甥《おい》で、爵位も財産も継ぐ権利がない、お先真っ暗な人生を送っているんだ。そんな奴と親戚だったら、絶対に知られたくないな」

兄の言った軽い言葉に、ジルケは楽しそうに笑う。一方で、ウベルはぴりついた空気を放つ。

それも無理はないだろう。

彼は次男で、継承権も財産も引き継ぐ権利がない。クラウスへの言葉は、そのままウベルにも突き刺さるのだ。

相手がどういう立場にいるのか慮《おもんぱか》れない兄は、シルト大公家を継ぐ器の持ち主ではなかったのかもしれない。だからといって、ウベルやイヤコーベ、ジルケが計画した兄の暗殺を正当化するつもりはこれっぽっちもないが。

「ウベル、どうしたんだ？」

「いやなんでもない。そうだよな。クラウスは大公の甥ってだけで、気にするような存在ではない」

予知夢でみたクラウスはシュヴェールト大公家の当主だったが、現在は大公の甥である。

そんな彼がなぜ、一族の当主を務めることになったのか。

これについても、予知夢でみた覚えがあった。

現在、シュヴェールト大公家には、五名の爵位継承者がいる。

第一位から第三位までは、大公の息子である。第四位はクラウスの父親であり、大公の弟でもある者。第五位にクラウスとなる。

彼が爵位を継承する確率は極めて低かったが、ある偶然が次々と働いたのだ。

継承順位第一位であった長男は人妻と駆け落ち、次男は病死、三男はしばらく大公位にいたのだが、財産の一部を持って行方《ゆくえ》不明に。

クラウスの父親が大公を務めることとなったのだが、事故で亡くなったのだ。

そしてシュヴェールト大公の座は、二十五歳となったクラウスのもとへ舞い降りてきた、というわけである。

今現在、クラウスが大公になるなんて、誰も予想していないだろう。

「しかし、クラウスの奴、もったいないよな」

ウベルはニヤニヤと嫌らしく笑いながら、クラウスについて話し始める。

「剣技の成績は学年どころか、歴代一位。学業は常に首席で、性格は多少愛想がないものの、悪くはない。完璧としか言いようがない奴なのに。それに比べて、バーゲン、お前は剣技の成績だけはいいけれど、クラウスに及ばず、学業の成績は赤点続きで、性格にも難ありとみた。シルト大公家の爵位は、クラウスに譲ったほうがいいんじゃないのか？」

兄は拳でテーブルを強く叩く。ティーカップが倒れ、せっかく淹れた紅茶が零れてしまった。

ウベルは兄を怒らせるために、クラウスと比べるような発言をしたのだろう。

兄の失言に対し「なんでもない」と返したものの、しっかり怒っていたようだ。

「ウベル、お前がうちに来たいって言うから招待してやったのに、ふざけるなよ！」

「悪かった、悪かった。怒らないでくれ。謝るから」

ウベルが反省した様子を見せると、兄の怒りはあっさり治まる。

一見して相性がよくないように感じるふたりだが、絶妙なバランスで友達付き合いをしているのだろう。

「それでバーゲン、美人の妹を紹介してくれるんだろう？」

ウベルの言葉に、ジルケが瞳を輝かせた。

なぜ、そこでジルケが反応するのか。理解に苦しむ。

たしかに、母親であるイヤコーベは父の後妻となった。彼女も兄の妹で間違いない。

けれども、兄がジルケを見たのは今回の休暇期間が初めてだ。

美人な妹に該当するのは、彼女なわけがない。

ただ、ウベルはジルケが好みだったのだろう。先ほどから、ジルケに意味ありげな視線を送り続けていたから。

予知夢でも彼らは逢瀬《おうせ》を重ね、愛を深めていたのだ。

「いや、妹はそっちじゃなくて、あっち」

召し使いみたいな恰好の私を見て、ウベルは目を見開く。それも無理はない。質素な恰好をするお嬢様なんて、ありえないから。

「え、いや、お前の妹、なんで使用人の恰好なんかしているんだ？」

「行儀見習いらしい。俺はよく知らないけれど」

「行儀見習い？　あれが？」

兄も疑問に思ったようだが、イヤコーベの「メイドみたいに働くのが普通なんだよ」という言葉にまんまと騙されているのだ。

「じゃあ、こっちに来て、少し話を――」

「ダメ！」

ウベルが差し伸べた手を、なぜかジルケが奪うように取る。

「エルーシアは行儀見習いで忙しいんだよ。邪魔したら悪いから」

それは、ジルケのいつもの悪い癖である。

私に与えられたものを、なんでもかんでも欲しがってしまうのだ。

本当に困った子……と思いかけた瞬間、ピンと閃《ひらめ》く。

ウベルを、ジルケに奪わせたらいいのだ。

彼女は私が大切にすればするほど、なんとしてでも奪おうと躍起になる。

つまり、私が彼に縋《すが》れば縋るほどに、ジルケは本気を出してウベルを我が物にするような立ち回りをするだろう。

予知夢での私は、ウベルとの結婚を喜びつつも、態度に見せていなかった。他人の前で感情を剝《む》き出しにするというのは、もっとも恥ずかしいことだから。

そのため、ジルケは私とウベルとの結婚にさほど興味を示さなかったのだろう。

彼との結婚だけでも、なんとか回避したい。

ただ、それだけでは殺される運命から逃れられるわけがなかった。

ジルケはウベルの隣に座り、身を寄せる。その様子を見た兄が、珍しく苦言を呈した。

「いや、ジルケ、お前は父上の本当の子でないから、ウベルとは結婚できないんだ」

貴族同士の結婚は、血の契約でもある。血族同士が手を組むことにより、さらなる発展を遂げるのだ。そんな盟約に養子を持ち出したら、みんな好き勝手に養子を迎えて収拾がつかなくなる。そのため、政略結婚ができるのは直系のみと決まっているのだ。

「ジルケ、お前にはクラウスでも紹介してやろうか？　一応、シュヴェールト大公の甥だぜ？」

あのクラウスとジルケが結婚するなんて、不似合いにもほどがある。かなり見目のいい男だけれど、悪魔みたいなクラウスを前にジルケは悲鳴をあげるに違いない。

仮にシュヴェールト大公家と婚姻を交わしたら、絶縁状態となり、二度と、シルト大公家の敷居を跨《また》げなくなるはずだ。

そんなことを考えている中でハッと気付く。

イヤコーベやジルケに支配された我が家から、解放される手段を思いついてしまった。

将来のシュヴェールト大公であるクラウスと結婚したら、安全な場所が確保できる。

いくらウベルであっても、実家に連れ戻せないだろう。

つまりなんとかしてクラウスと出会い、結婚してほしいと申し込まなくてはならない。

真っ暗だった未来に、光が差し込んだ瞬間であった。

「大公の甥なんて嫌！　あたしはウベルがいい！」

「そう言ってもなー」

ここだと思い、宣言する。

「お兄様、わたくし、ウベル様と結婚します」

口にした瞬間、ジルケの瞳がギラリと輝いた。

それは人の物を奪うな、という牽制《けんせい》にも見える。

「エルーシアったら、酷い！　いつもあたしの物を、欲しがるんだ！」

それはあなただろう、と思ったが、私は何も言わずに顔を伏せる。

ジルケは悲劇のヒロインを装いたいのか、受けてもいない被害を訴えた。

「エルーシアは信じられないくらい性悪なんだ！　あたしのドレスを奪ったり、使用人達に仲間はずれにするように言ったり、毎日毎日罵声を浴びせたり！」

すべて、ジルケが私にしでかした行為の数々である。よくもまあ、いけしゃあしゃあと嘘が言えるものだ。

ウベルはジルケの肩を抱き、心配そうに兄に話しかけた。

「お前の妹、エルーシアだったか？　たしかに美人だが、性格が悪すぎるだろうが」

「いや、前まではそうではなかったんだが……」

ジルケはワッ！　と泣くふりを始めた。

「あたしの生まれが卑しいから、いつもいじめるんだ」

ウベルが「それは酷い」と言ったので、私も頷《うなず》きそうになる。

このままでは、ジルケも物足りないだろう。一芝居打つことにした。

「わたくしは、ジルケをいじめてなんかいません！　よかれと思って、手を差し伸べることはありましたが」

床に膝をつき、懇願するように兄達を見つめる。けれども皆の視線は冷え切っていた。

ウベルが軽蔑するように、言い捨てる。

「妹ができて、自分の立場が危うくなると思って、危害を与えたんだな。しようもない女だ」

「エルーシア、お前はできる妹だと思っていたが、見損なった」

別に、ウベルや兄の期待に応えるつもりはない。利用する価値すらないと思ってもらえたら、何よりである。

「エルーシア、もう下がれ。ウベルを紹介するという話は、なしにする」

「そ、そんな！」

兄はメイドに私を部屋から連行するよう命令した。

左右の腕を引かれ、罪人のように部屋から去る。

わざとらしく、ウベルの名前を叫んでみた。

未練たらしく聞こえていたら幸いである。


メイド達から解放されると、私は階下の厨房へ向かった。そろそろパンの配達時間だったのだ。

誰もいないときは厨房から外に出る扉の前に置くように頼んでいるが、昼間はなるべく受け取るようにしていた。

しばし待っていると、荷車を引いたおじさんがやってくる。

「おうい、待たせたな」

「いいえ、今来たところですわ」

パンを受け取り、代金を支払う。

実は、そのお金はパンに対するものではない。私個人が、彼に支払っているものであった。

貴族令嬢である私は、外出を認められていない。街を歩く際は最低限、侍女やメイドの同伴が必要なのだが、イヤコーベが許すわけがなかったのだ。

屋敷に軟禁状態となった私に、手を差し伸べてくれたのが、このおじさんである。

彼は以前までシルト家に仕えていたパン職人で、イヤコーベに解雇されたあとは街のパン屋さんで働き始めたらしい。

残された私を心配し、パンを届けるふりをしてやってきたのだ。

私がドレスを売ったり、欲しい物を購入したりするときに、街で用事を済ませてくれる。

退職金として、彼らにこっそり母から生前、何かあった時のためにと受け取っていた銀のカフリンクスを配ったことを、恩に感じているようで、何かと助けてくれるのだ。

口が堅いのも、ありがたい話だった。

「古着屋のおかみが、最近フィルバッハのドレスをまた売りに出さないのか、とうるさいんだが」

「それは――」

これまではひとり暮らしをするため、フィルバッハが贈ってくれたドレスはすべて売り払っていた。けれども、逃げても逃げてもウベルに連れ戻される予知夢をみてから、お金に対する執着心が消えてしまったのだ。

贈ってもらったドレスは、ジルケに見つからないように隠している。

最近ではドレスを注文するばかりだったので、店側からフィルバッハのドレスを買い取りたいという要望が出てしまったのだろう。

「一着でいいから、なんとかならないだろうか?」

「そうですわねえ」

おじさんの顔を立ててあげたいところだが、どうしようかと考える。

できれば、売りたくはないのだが――と、ここでピンと閃いた。

「貸衣装として、お預けするのならば、可能ですわ」

貸すだけだったら貸出料が入ってくるし、必要なときは事前に申請したら手元に戻せるような契約を交わせばいい。

イヤコーベとジルケにドレスが見つかることはないし、いいこと尽《ず》くめだろう。

「なるほどな、わかった。交渉してみよう」

「ありがとうございます」

新しくクラウスと結婚するという野望ができたため、ドレスは確保しておいたほうがいいだろう。

いい案が浮かんだものだ。

彼は大公になっても、なぜか独身だった。婚約者なども、いなかったのだろう。

なぜ、未婚だったかはわからないが、妻の座が空いているのであれば、そこに納まりたい。

死の運命を回避したら、体に大きな負担がかかってしまう。

それでも、ウベルやイヤコーベとジルケの罪を被せられ、惨めな思いをしながら殺されるよりはマシだろう。

「他に、必要な物はあるか？」

いつもはないと言って首を横に振っているところだが、今日は違う。

「わたくし、クラウス・フォン・リューレ・ディングフェルダー様についての情報が欲しくて」

「クラウスって、誰だ？」

「シュヴェールト大公の甥ですわ」

「なっ！　シュヴェールト大公って、シルト大公家の敵じゃないか！」

「ええ、そう」

おじさんはそれ以上追及せず、依頼料を受け取ってくれた。

「どういう情報が欲しいんだ？」

「彼と接触したいので、よく行く場所や、知り合い、あと好みとか」

「わかった」

おじさんはわざと大きな声で「またうちのパンをよろしくお願いします！」と言い、去っていく。

次なる一歩を踏み出せそうで、私はホッと胸をなで下ろした。

◇◇◇

降誕祭の晩餐《ばんさん》準備を行う厨房は、信じがたい忙しさであった。

大きな七面鳥の丸焼きを作り、鯉《こい》を捌《さば》いてワイン煮に仕上げ、大きな鹿肉を焼く。

付け合わせのジャガイモは、いったい何個剝いただろうか。記憶にない。

準備を終えると、とんでもない疲労感に襲われる。

厚めに剝いておいたジャガイモの皮を油で揚げ、厨房の隅で食べていると、ヘラから呼び出しを受ける。

「エルーシア、旦那様がお呼びだよ！」

「わたくしが、ですか？」

「そうだよ！　さっさとおし！」

全身油まみれだが、いいのか。いいのだろう。そう思いつつ、父の私室へ足を運んだ。

そこには父だけでなく、イヤコーベとジルケもいて、ジルケは勝ち誇ったような表情で、私を見ていた。

これから何を報告されるか、というのは、それでなんとなく想像できた。

「お待たせしました、お父様」

「エルーシア……酷い恰好だな」

私を見つめる父の目は酷く冷たい。昔は優しかったのに、と切ない気持ちになりつつ、こうなった理由について打ち明ける。

「行儀見習いが、忙しくて」

「そういえば、食事の席にもいなかったな。それほどだったのか？」

「ええ、まあ」

イヤコーベが雇った使用人が、ほぼ使い物にならないので、私が頑張るしかなかったのだ。

料理のレシピ集を残してくれた、前料理長には感謝の気持ちしかない。

「それで、お話ししたいこととはなんですの？」

「あ、ああ、そうだな」

父は少し気まずそうな表情で、話し始める。

「バーゲンの学友である、ウベル君が来ていることは知っているだろうか？」

「ええ。少しお見かけしたのですが、とても素敵な御方《おかた》でしたわ」

思ってもいないことを口にしたので、唇の端がひくついていた。けれども、誰も気付かなかったようで、ホッと胸をなで下ろす。

「その彼と、エルーシアを結婚させようと思っていたのだが」

「本当ですか⁉」

わざと喜ぶふりをしたところ、ジルケがぶっと噴き出す。ウベルとの結婚を期待する私の様子が、面白くて堪《たま》らない、といった様子だった。

「いや、その予定だったのだが、ウベル君と結婚させるのはエルーシアではなく、ジルケにしたんだ」

「そ、そんな‼」

膝から頽れ、床に顔を伏せる。両手をつき、ガタガタと震える。

こみ上げてきたのは――微笑みであった。

目論見《もくろみ》通り、ジルケはやってくれた。短時間でウベルの心を物にし、父や兄の決定を覆すよう、説得したのだ。

さすがとしか言いようがない。素晴らしい働きであった。

「ウベル様と結婚できないなんて、わ、わたくしは、どうすればいいのか……‼」

「いや、お前はもうすぐ社交界デビューをするだろう？　結婚相手なんて、そこでいくらでも見つけられる」

ここで、新しい婚約者を探してやる、と言えないのが父のダメなところだろう。

ただ、クラウスと結婚したい私にとっては好都合だった。

「うう……ううう、ひ、酷い、です」

「仕方がないだろうが。ウベル君は、ジルケのほうを気に入ったのだから」

私が惨めったらしく演技すればするほど、イヤコーベとジルケは喜ぶだろう。

感謝を込めて、ここぞとばかりに見るに忍びない、哀れな娘を演じてみせた。

「エルーシア、もう、部屋で休め」

「わ、わかりました」

父の私室から出て、扉を閉める。

その瞬間、血を吐いてしまった。予測していたので、すぐにハンカチで押さえこむ。

ウベルと結婚する運命を変えてしまったからか、いつもより血の量が多い。目眩も酷かった。

壁を伝いつつなんとか部屋に戻り、そのまま寝台まで行き着かず、倒れてしまった。

舞台の緞帳《どんちょう》が閉ざされるかのごとく、視界が真っ暗になる。

これが人生の幕が下りた瞬間でありませんように、と祈るばかりであった。

第二章　クラウスとの出会い

その日の晩、鉄臭い湖で溺れる夢をみた。

すぐ傍には父と兄、イヤコーベとジルケ、それからウベルがいたのだが、助けて、助けてと叫んでも誰も私のもとへやってこない。それどころか、溺れる様子が滑稽《こっけい》だとくすくす笑っているのだ。

もうダメだ――と思った瞬間、手を差し伸べられる。

それは、返り血で全身を真っ赤に染めたクラウスであった。右手にはレーヴァテインが握られていて、空いている左手を差し出してくれたのだ。

彼に助けられても、助かったと言えるのか。

疑問でしかなかったが、藁《わら》にもすがる思いでクラウスの手を取る。

すると、彼は力強く私を引き寄せ、「もう大丈夫だから」とぶっきらぼうに言う。

思いのほか優しい声に、夢の中の私は涙してしまった。母を亡くしてからというもの、涙なんて流していなかったのに。

そこで、私は目覚めた。

記憶が曖昧《あいまい》なのだが、部屋まで戻ってきたのはいいものの、布団に潜る気力は残っていなかったらしい。

寒くて堅い床の上で、気を失うように眠っていたようだ。

「うう……」

震えが止まらない。それ以上に、床で寝た体のあちこちが悲鳴を上げている。さらに口の周りは血がこびりついていた。周囲にも大量に血が散っており、殺害現場か、と思うくらいの酷い状況であった。このような中でよく生きていたな、としみじみ思ってしまう。

何か悪夢をみていたような気がしたが、思い出そうとして頭がずきんと痛んだ。

どうせ、不幸でしかない予知夢だろう。ウベルとの結婚のように、回避しても、体に大きなダメージを負う。

知っているというのも、いいことばかりではないのかもしれない。

今日のところは起き上がって働けそうにない。昨日頑張ったので、さすがに一日くらいは休ませてくれるだろう。

なんて、思った瞬間もありました。

時間になるとヘラがやってきて、大量の仕事を押しつけてくる。

飽き飽きするくらい、いつもの朝であった。

◇◇◇

クラウスに関する情報はすぐに届いた。

寄宿学校に通っている上に、社交場には姿を現さないようで、大変苦労して集めてきたらしい。

いつもより多めに報酬を出し、おじさんと別れる。

部屋に戻ると、すぐに報告書を開いた。

彼に対する評判は、ウベルが話していた内容とそう変わらない。何においても優秀で、普段は物静か。問題を起こすような行動は取らない、生徒の見本となるような存在であると。

ただ、社交界での彼の立ち位置は異なるようだ。なんでもシュヴェールト大公家の〝悪魔公子〟と呼ばれているらしい。

それの所以《ゆえん》は、銀色の髪を持って生まれてくるシュヴェールト大公家の者達の中で、唯一黒髪を持って生まれてきたからだという。さらに姦通罪《かんつう》、極悪の象徴とも言われている緋色《スカーレット》の瞳を持つことから、囁《ささや》かれるようになったようだ。

たしかに予知夢でみた彼は〝悪魔大公〟と恐れられ、この世の闇をかき集めたような黒い髪に、燃えるような赤い瞳を持っていた。顔色ひとつ変えずに私ごとウベルを斬る様子は、人外じみた迫力があったように思える。

死ぬ瞬間を思い出し、あれは予知夢だったはずなのにゾッとしてしまった。

けれどもあれは、私が殺してほしいと懇願したから、あのような結果になったのだろう。

もしも、命乞いをしていたら、夢の結末はどうなっていたのか……。わからない。

とにかく私はウベルと結婚しないし、イヤコーベとジルケはまだ悪事に手を染めていないのだ。

罪をなすりつけられる前にクラウスと結婚できたら、殺されるという事態にならないだろう。

報告書の最後には、クラウスが唯一通う場所について書かれていた。

それは、下町にある養育院だった。

ここは私が以前から、寄付金を贈っているところだ。

母がしていた慈善活動を引き継いで行っているのだが、まさかここと関わりがあったなんて。

なんでも週末になると外出許可を取って養育院を慰問しているらしい。

偶然を装い、彼に会うことができるだろう。情報としては、十分すぎるものだった。

養育院を訪ねるために、私は父の許可をもらう。

「養育院での慈善活動は、一人前の貴婦人になるために、もっとも重要なものなのです」

「そうか。では、イヤコーベにメイドでも借りて――」

「いいえ、ひとりでも大丈夫です!!」

単独で街歩きをしたことはなかったものの、養育院へは母と何度か一緒に訪れたことがある。さらに、予知夢の中でも街中を何度も行き来していたのだ。

誰かの付き添いなんてなくても、行き着くだろう。

「その、わたくしのことは心配いりませんので、どうかお任せください」

「わかった。気を付けて行くのだぞ」

「はい」

無事、外出許可を得られたので、ホッと胸をなで下ろした。

◇◇◇

養育院へ訪問する日の朝——早起きして厨房に立つ。

自分の部屋にいるより、厨房の火に当たっていたほうが暖かい。ありがたいと思いつつ、ビスケットを焼いた。これは養育院の子ども達へのお土産《みやげ》である。きっと喜んでくれるだろう。

焼き上がったビスケットは他の使用人に見つからないよう、棚の奥に隠しておく。

その後、ヘラから罵声を浴びながら、朝食の準備を行った。

一日の仕事を手早く済ませたあと、自室で着替える。

ジルケ対策のために購入しておいた中古のドレスに袖を通した。

先日、新しく届けられたフィルバッハの最先端のドレスも数着所持していたものの、下町で身なりをよくしていたら、悪い人達の標的になる。そのため、下町を歩くときは貧相な恰好のほうがいいというのは、母の教えでもあった。

身なりを整え、くたびれたリボンがあしらわれた帽子を被る。

父が馬車を手配してくれるわけもないので、私は徒歩で下町まで向かう。

往復三時間だが、家でこき使われるよりは、ずっと楽しいだろう。


久々にやってきた城下町は、以前と変わらぬ賑《にぎ》わいを見せていた。

今は社交期なので、貴族のご令嬢やお付きの使用人の姿が目立っている。

書店の前を通り過ぎると、私が楽しみにしていた物語の新刊が並んでいた。

以前であれば、侍女が発売日に並んで買ってきてくれたのに……。

今は読む暇すらない。

フィルバッハのお店は中央通りにあって、今日も行列ができていた。

ガラス張りのショーウィンドウには、以前、私に贈ってくれたドレスと似たものが飾られている。

彼が私にくれるのは、いつも試作品なのだ。なんでも、私をモデルにして作っているらしい。

レースの手袋には売り切れの札がかけられている。

繊細なボビンレースの手袋は大変美しい。人気なのも頷ける。

貴族令嬢が身に着けるレースの手袋は、実家の裕福さを象徴するようなものである。手袋を外してするような仕事はしなくてもいい、大切に磨き上げた宝石のような娘だと主張するのだ。

けれど私の手は水仕事で荒れている。爪はボロボロだし、指の節々はぱっくり割れていた。

こんな手でレースの手袋を装着したら、繊細なレースが引っかかって、破れてしまうだろう。

昔のようなきれいな手には戻れない。悲しくなって、フィルバッハのお店の前から足早に去った。

養育院までは長い長い道のりであったが、屋敷にいてこき使われるよりはマシだった。

街でひとり暮らしをするという夢が、平和に叶《かな》えばよかったのに……と思ってしまう。

けれども予知夢で繰り返しみた、連れ戻される様子を思い出すたびに、実家から今すぐ脱出しようとは思えないのだ。

考え事をしていたら胸が苦しくなって、しばし休む。ただの運動不足ではないのは自分自身でもよくわかっていた。

未来を変えたら、吐血や目眩といった体調不良に襲われる。イヤコーベとジルケがやってきてから、何度も予知夢に反した行動を取っているので、私の体は酷く蝕《むしば》まれているのだろう。

きっと、長くは生きられないのだろう。

そうだとしても、予知夢でみた結末を迎えるよりはマシだ。

苦しみと引き換えに選んだのは、自分の意思で変えた未来だから。

一時間ほど歩くと、下町の通りに出てきた。下町を歩く方法は、母から習っている。

中央街に比べて治安が悪いので、薄暗い路地裏には絶対に近付かないこと。さらに、物取りに遭ってしまった場合は、金目の物は素直に渡す。抵抗すると、危害を与えられるかもしれないので、大人しくしていたほうがよい。最後に、絶対にひとりで行ってはいけない。供を付けるように、と噛んで含めるように言われていた。

金目の物は、一昨年の誕生日に父から貰ったルビーの耳飾りを、ドレスの裾に縫い付けてある。

供は屋敷に信頼できる者がいないので、連れてこなかった。内心、母にごめんなさいと謝罪する。

下町で一番賑わっている商店街を通り抜け、養育院に辿り着いた。

やってきたのは、母が亡くなって以来。

ここにクラウスがいる。彼と出会って、結婚を申し込んで、死の運命を回避するのだ。

門を通り抜けると、外で遊んでいた子ども達が嬉しそうに駆けてきた。

「エル様だー！」

「エル様！」

私を知る子らに囲まれてしまう。最後に会った時にはまだ幼かったのに、しばらく見ない間に大きくなっていた。

エルと呼ばれているのは、幼かった子ども達がエルーシアと発音できなかったので、母が言う愛称を真似《まね》たからだ。

「ねえ、エル様、どうしてずっと来なかったの？」

「一緒に遊びたかったのに」

母が亡くなって一年以上、イヤコーベとジルケの予知夢に悩まされていただけでなく、未来を変えようとあれこれ行動を起こしていたので、ほとんどの日を寝台の上で過ごしていたのだ。

そんな事情を、打ち明けられるわけがない。

「エルーシア様に我《わ》が儘《まま》を言うのではありませんよ。忙しい御方なのです」

子ども達をたしなめるのは、顔見知りのシスターだった。

年頃は四十代半ばくらいか。柔和な微笑みを絶やさない、優しい女性《ひと》である。

「エルーシア様、お久しぶりです」

「シスターカミラ、ご無沙汰しております」

子ども達にはビスケットを用意している。責任感のある一番年上の子に託した。

「みなさん、エルーシア様に感謝するのですよ」

「エル様、ありがとう！」

「ありがとう！」

院長にも挨拶を……と思ったのだが、病に伏せっているらしい。

「下町では病気が流行《はや》っておりまして」

「そうでしたの⁉」

新聞なんて私の手元に届かない。パン屋のおじさんに頼んで数日分、買ってきてもらっているものの、毎日読んでいるわけではなかった。そのため市井《しせい》で何が起こっているのか、すべては把握できていないのだ。

「先週は、ひとり子どもが亡くなってしまって……。養子にと決まっていた子でしたのに」

「まあ！」

私が送った寄付金は建物の修繕費にしようと思っていたようだが、子ども達の多くが病気になってしまい、薬代に消えてしまったという。

「あの、よろしかったらこちらを――！」

しゃがみ込んで、スカートからルビーの耳飾りを引き抜く。

「売ったら、薬代の足しになるはずです」

「こんな高そうな耳飾り……受け取れません」

「いいえ、これで子ども達の命が助かるのならば、安いものです」

遠慮するシスターカミラの手に、ルビーの耳飾りを押しつけるようにして渡す。

一度返されてしまったものの、今度は修道服のポケットの中に詰め込んだ。

「また、寄付金を集めて送りますので」

「どうか無理はなさらずに」

子ども達が着る服も、何度も洗濯して着回しているのでボロボロだ。

食事も足りていないのか、やせ細っている子も多い。

もっともっと、寄付金が必要なのだろう。

その後、子ども達と遊び、昼食を作る手伝いをする。

お昼を食べていかないかと誘われたが、私のせいで子ども達の取り分がなくなったら困る。そのため、丁重にお断りをした。

大勢の子ども達に見送られながら、養育院をあとにする。

とぼとぼと帰り道を歩いていたら、お腹がぐーっと鳴った。

まともに朝食も食べていないので、体が飢えを訴えているのだろう。

どこかでパンか何かを買って食べよう。

なんて考えている中で、ハッと我に返る。クラウスについてすっかり忘れていた。久しぶりの訪問だったので、それどころではなかったのだ。

養育院にクラウスの姿はなかった。訪問する時間が早かったのか。

本人がいなくても、情報収集くらいはできたのに。

本来の目的をすっかり忘れていたのだ。思わず、頭を抱え込む。

「ひぃん、ひぃん！」

「――んん？」

路地裏のほうから子どもの泣き声が聞こえる。もしや、親とはぐれてしまったのだろうか。

一歩、薄暗い通りに足を踏み込んだら、猫がぴょこんと跳ねた。

子どもではなく、猫の鳴き声だったようだ。

ホッとしたのもつかの間のこと。

「おい、ねえちゃん、そんなところで何をしているんだ？」

振り返った先にいたのは、ふたり組の若い男。

ニヤニヤしながら、私を見ていた。

しまった！　と思ったときにはもう遅い。

彼らは私をターゲットとして定めてしまった。

金目の物を渡したら、満足して消えてくれる。そう思った瞬間、隠し持っていたルビーの耳飾りは養育院に寄付してしまったのだと思い出す。

「ねえちゃん、暇だろう？　こっちに来いよ」

「いいもんを見せてやる」

ついていったら、酷い目に遭わされるに違いない。その場にしゃがみ込む振りをして、地面の砂を握った。

立ち上がったのと同時に、男達を目がけて投げる。

「ぐわっ‼」

「なっ‼」

怯《ひる》んでいる隙に逃げる。表通りへの道は塞がれたので、路地裏を走るしかない。

「こら、待て‼」

「クソ女が‼」

男達はあとを追いかけてくる。思いのほか、足止めにはならなかったようだ。

「はっ、はっ、はっ、はっ――――！」

こういう事態になるなんて、予知夢ではみていなかった。いつもいつでも、大きな事件しかみせてくれないのだ。母との約束を破ってしまったせいで、こんな目に遭っている。私が悪かったとしか言いようがない。

「あっ‼」

石に躓《つまず》き、転んでしまった。男達はあっという間に追いついてくる。

「手を煩わせやがって！」

「許さないからな！」

最後の足掻《あが》きだとばかりに、帽子や手にしていたかごを投げつけてやった。それも、彼らへの大きなダメージにはならない。

男達は余裕たっぷりな様子で私を見つめている。追いかける行為ですら、卑しく楽しんでいるように見えた。この変態め！　と心の中で罵る。

「貧乏貴族の惨めったらしい娘かと思えば、上玉じゃないか！」

「少し楽しんで、娼館《しょうかん》にでも売り飛ばしてやろうぜ！」

なんて酷い奴らなのか。

腕を無理矢理掴まれ、ぐいぐいと乱暴に引かれる。

「離してくださいませ！」

「うるさい！」

念願の表通りに出てきたけれど、下町の人達は見て見ぬふりをしている。

きっと評判の悪い男達で、関わり合いになりたくないのだろう。

ずんずんと進む中、私の腕を引く男が道行く男性にぶつかった。

「おい、お前、どこを見ているんだ！」

「前だが？」

堂々たる正論で、こういう状況なのに笑ってしまいそうになる。

顔を上げ、相手を確認すると、悲鳴をあげそうになった。

黒い髪に赤い瞳を持つ、顔立ちが整った青年――下町の男にぶつかられたのは、クラウス・フォン・リューレ・ディングフェルダーではないか。

兄と同じ学年なので、現在は十八歳か。予知夢でみた彼より若いが間違いないだろう。

突然ぶつかってきた下町の男に対し、クラウスはゴミや虫けらを見るような視線を送っていた。

ぼんやりしている場合ではない。

奇跡のような機会を逃すまいと、私は必死になって訴える。

「あの、助けてくださいませ‼」

「お前、何を言っているんだ！」

「きゃあ！」

頬を思いっきり叩かれ、口の中に血の味が広がっていく。

顔を叩くときは、口内をケガしないよう、歯を食いしばれと言うのが礼儀だというのに。

勢いあまって、地面に転がってしまう。

気の毒な娘に見えるよう、いつもより余計に痛がった。すると、クラウスは男達に注意する。

「おい、止めろ」

「家畜と同じで、こうしないと言うことを聞かないんだよ！」

他人を家畜扱いした上に、暴力で言いなりにさせようだなんて、酷い奴としか言いようがない。

男達は私をニヤニヤ見つめながら、さらなる暴力を振おうとする。

そんな状況の中、クラウスは信じがたい言葉を返した。

「なるほど、そういうわけか」

納得するような反応を示すクラウスに対し、悪魔だと思ってしまう。

しかしながら、次の瞬間、クラウスは下町の男の頬を強く殴った。

「ぐはっ！」

「お、お前、何をするんだ！」

「何って、家畜は殴らないと言うことを聞かないんだろう？」

もうひとりの男も同様に殴った。

まったく手加減なんてしない、猛烈な一撃である。

男達は仲良く倒れたが、すぐに起き上がってクラウスに殴りかかってきた。

彼はひとりで応戦し、あっという間に倒してしまった。

そして、私のほうへやってきて、高圧的な目で見下ろす。

「おい、立て」

こういうとき、手を貸してくれるものではないのか。などと思ったものの、相手はクラウスである。

血も涙もない男なのだろう。

下町の男達が動かないのを確認し、立ち上がる。

「ここは危険だ。中央街のほうへ行け」

「はい」

中央街まで送ってくれるのかと思いきや、クラウスはくるりと踵《きびす》を返す。

そのまま立ち去ろうとしていた。私は慌てて彼を引き留める。

「あ、あの、ありがとうございました。おかげさまで、助かりました」

「別に、家畜の躾《しつけ》をしただけだ」

心がスッとしてしまう。

彼のような強さがあれば、どれだけよかったか。なんて、考えている場合ではなかった。

「あの、お名前を教えていただけますか？　お礼がしたいのです！」

「別に、名乗るほどの者ではない」

名乗れよ‼　という叫びは、喉から出る寸前で呑《の》み込んだ。

ここで彼がシュヴェールト大公家のクラウスだと名乗らなければ、関係が築けない。

どうにかして、名前を聞き出さなければ。

「お願いいたします、どうかお名前だけでも、お聞かせください！」

「……ラウ」

「ラ、ラウ？」

それは、クラウスの愛称なのか。

きちんと名乗らないなんて、酷いとしか言いようがない。

「お前は？」

そっちがそのつもりならば、こっちもお返ししてやる。

本名なんて教えてやるものか！　と思い、愛称を名乗った。

「わたくしは、エルですわ」

「エル？」

スカートを摘《つ》まみ、会釈する。

「ラウ様、またどこかで、お会いできたら嬉しく思います。そのさいには、恩返しをさせてくださいませ」

クラウスの反応を確認もせずに、回れ右をする。

ずんずんと大股で、下町をあとにした。

帰宅後、私は頭を抱え込み、盛大に落ち込んでいた。

クラウスと確かな縁を結ぶつもりが、いつの間にかけんか腰になっていた。

互いに愛称しか名乗っていないのに、別れてしまったのだ。

すがりついてでも、あの場で結婚してほしいと訴えたらよかった。

私はどうしてこう、上手く立ち回れないのか。だからこそ予知夢でみた未来の私は、ウベルやイヤコーベとジルケに利用されてしまったのだろう。

夢でみた結末なんて、絶対に迎えたくない。

なんとしてでも、クラウスと結婚しなければと改めて強く思った。

◇◇◇

誕生日を迎え、十七歳となった。

十五歳までは毎年、家族で盛大に祝ってくれたが、今年は何もない。

去年もなかったので、そのときに誕生会を開いてくれたのは母だったのだな、と気付いたのだ。

父は私の誕生日を祝う気持ちはあっても、それがいつなのか把握していなかったというわけだ。

別に子どもでもないし、祝われずともなんとも思わなかった。そもそも、自由と平穏な暮らし以外、望むものは何もない。

それよりも、ついに私は結婚できる成人年齢となったのだ。

すぐに家を出る予定だったが、予知夢でみた限り止めたほうがいい。

もう一度、クラウスと接触して、結婚してくれないかと懇願しなければならないだろう。

あのとき、名前を聞き出せていたら、手紙や贈り物などをシュヴェールト家宛てに送ることができたのに……。

今、思い返しても、あのときの出会いをやりなおしたいと願ってしまう。

下町の男達とのもめごとを通して、運命的な出会いを演出できたはずなのに……。

私ができたのは、過剰に痛がる演技だけだったのだ。

それにしても、初めて会ったクラウスの印象は、予知夢でみたときほど恐ろしくなかった。かといって、深く関わり合いになりたいと思う相手ではない。

いくら言うことを聞かせるためとは言え、恨みもない下町の男達を容赦なく殴れるものなのか。

とても寄宿学校の優等生には見えない。彼のふるまいは、悪魔公子と呼ばれるにふさわしいものであった。

そんな男性と、本当に結婚できるのか。

できたとしても、どんな新婚生活が待っているのか。想像すらできない。

私も躾だと言って、殴られるのだろうか？

恐怖でぶるりと震えたが、冷静になって考えてみる。

下町の男達が私に暴力をふるったとき、クラウスは止めようとしてくれた。

無視して通り過ぎることもできたのに、それをしなかったのだ。

彼の中で、暴力は悪だという認識がきちんとあるのかもしれない。

たぶんだけれど、彼はただの残酷な人ではないのだろう。

私はクラウスと結婚すると決めたのだ。

実家に居続けるよりも、彼のもとに身を寄せたほうが安全は確保されるはずだと信じて。

今はクラウスに懸けるしかない。

◇◇◇

社交界デビューを控えた私に、フィルバッハから最礼装《フルドレス》が届けられた。

高級な絹の生地をふんだんに使った、優美な純白のドレスである。

そのドレスはすぐに隠し、箱には古着屋で購入したドレスを詰め込んでおく。

蓋を閉めたのと同時に、ジルケがやってきた。

「ねえ、フィルバッハの社交界デビュー用のドレスが届いたんだろう？　あたしに見せなさいよ」

「や、止めてくださいませ！　これは、わたくしがフィルバッハにいただいたドレスです！」

我ながら、白々しい演技だと思ってしまう。

こうなることは予想できたので、手早く入れ替えてよかったと思う。

「へえ、これが流行の最先端をいくドレスなんだ。よくわからないけれど、いい感じ」

ジルケはドレスを体に当てて、くるくる回る。鼻歌とともに、ぴょんぴょん跳ね回っていた。

「あたし、王様のお城で社交界デビューをするよ」

「え？」

十七歳の誕生日を迎えた娘には、王家から新成人の舞踏会——デビュタント・ボールへの招待状が届く。それが、社交界デビューと呼ばれているのだ。

貴族の直系の娘かつ十七歳になった娘に限定して届けられるものだが、なぜ貴族の娘でもなく十七歳にもなっていないジルケが参加できるというのか。

「あんたは招待されていないから、家で大人しくしてな」

「わたくしは、招待されていない？」

ここで、どういうことか気付いてしまった。

ジルケは私に届いた招待状で、社交界デビューを果たすつもりなのだ。

お茶会への参加で懲りたと思っていたのだが、そんなことはなかったらしい。

そのチャレンジ精神だけは、見習いたいと心の片隅で思ってしまう。

「このドレス、あたしが貰ってあげる。パーティーに参加しないあんたには、不必要なものだからね！」

私の返事を聞かずに、ジルケはドレスを持ち去る。

何もかも、呆れた人だと思ってしまった。

◇◇◇

あれから私は人を雇って街に出かけるようになった。

いつものパン屋のおじさんに頼み、メイドを紹介してもらったのだ。

私の素性は内緒でという条件のもと、求人をかけたところ、奇跡的に見つかった。

メイドの名はマーヤ。彼女はある事情があり、貴族の家では働けないのだという。そのため、私に仕えられると聞いて、大喜びしていた。

「お嬢様、あたくしに、なんでも頼ってくださいね！」

「ええ、ありがとう」

マーヤは兄や父よりも背が高く、声も太い。体付きは屈強そのもので――つまり、女性ではなく男性なのだ。

メイドの恰好は趣味の一環で、休日のみ行っているらしい。

普段は王族に仕える近衛《このえ》騎士だという。

彼……ではなく、彼女はメイドと護衛役の両方を務めることができるのだ。

パン屋のおじさんはとんでもなく優秀な人材を紹介してくれた。

「お嬢様は積極的に慈善活動をされていて、本当に尊敬します」

「大したことではなくってよ」

母の慈善活動を引き継いで立派なふるまいを心がけたい気持ちに偽りはないものの、現在、もっとも重要なのはクラウスと会うことである。

「それはそうと、下町で病気が流行っているのですって。同僚達は下町に近付くな！　って言うばかりで、対岸の火事にしか思っていないようで」

「ええ……」

人は小さな歯車のようだと思っている。この世は歯車同士がかみ合って、少しずつ少しずつ動いているのだ。

どこかの歯車が壊れてしまったら、それを除けば解決するものではない。

小さな歯車を無視し、関係ないとそっぽを向いていると、自らに迫る危機には気付かないだろう。

下町の流行病も、誰かが解決の手を打たないと、感染が広がっていく。

命を脅かされるというのは恐ろしい。私は予知夢を通して、ひしひしと痛感している。

今は誰かの助けになりたい。そんな思いから、手を打つことに決めた。

フィルバッハのドレスを使ったレンタル業が好評なのと、私物の宝飾品の一部を売ったので、まとまったお金が入ってきている。それを使い、パン屋のおじさんに頼んで、薬が買えない者達に向けた簡易診療所を手配してもらった。

新聞社にも報じてもらい、支援してほしいと世間に訴える。

そのおかげで現在、善良な貴族達からも寄付を集め、診療所での支援が広がりつつあった。

以前よりは、流行病の勢いは弱くなっているらしい。

養育院の子ども達も、薬を飲んで元気になったようだ。

ただし、院長はまだまだ療養が必要だと判断し、地方の病院に移ったという。

シスターカミラが院長の近況について教えてくれた。

「空気のよい場所で休んだら、きっと具合もよくなるはずです」

「ええ、そうですわね」

庭を走り回る子ども達の数が、以前よりも減っている。どうしたのかと尋ねると、流行病で子どもを亡くした親達が、養子にしたいと詰めかけているようだ。

「流行病のおかげだとは言いたくないのですが、ひとりでも多くの子が、新しい家族を得られるといいなと思っています」

不幸な子どもがひとりでも多く減りますように。そう願うしかない。

そして、今日もクラウスは養育院に現れなかった。

あまり詳しい話は聞けていないのだが、クラウスはたしかにここの養育院へやってきているらしい。

養育院について卒業論文として発表するために、一ヶ月ほど前から通っているようだ。

何度も足を運んでいたら、いつか会えるはず。そう信じるしかなかった。


養育院に通えども、通えども、クラウスはやってこない。

ここで待ち伏せするより、兄の学校の行事に参加したほうが会えるのではないのか。

ただ、校内に入るチャンスは多くない。年末の降誕祭か、学年末の舞踏会《プロムナード》くらいか。

降誕祭は一年先、舞踏会も半年先である。

悠長に構えていると、不幸に襲われるような気がして怖かった。

今日はドライフルーツたっぷりのケーキを焼いて、養育院を訪問した。

私が毎週毎週やってくるので、シスターカミラは恐縮しきっているようだった。

「なんだか、申し訳ないですね」

「病気になる子が多いので、心配ですの」

クラウスが来ていないか毎週確認している、なんて言えるわけがなかった。

「あら、また、子ども達が減っているような」

「そうなんです！」

シスターカミラは嬉しそうに、養子縁組が上手くいっていることを報告した。

「嬉しいことです。この世の子ども達全員が、幸せになればいいと思っています」

「ええ、本当に」

それに関しては同意でしかないが、ふと疑問に思う。

院長がいたときは、養子縁組は時間をかけてゆっくり行っていた。

自分の子どもとして迎えたいと願う者達の人格や収入など詳しく調べ、子どもとの相性もゆっくり見定める。

最終的に子どもが拒否しないようであれば、養子として送り出すのだ。

そのため半年以上かけて、じっくり見定める期間を置いていた。

けれどここ最近の話を聞く限り、子ども達は次々と養子に出されている。

今、シスターカミラが院長代理をしているようだが、養子縁組の方法を変えたのだろうか？

「シスターカミラ、質問があるのですが？」

「なんでしょうか？」

「先週までミアっていう、五歳くらいの女の子がおりましたよね？　彼女はいったいどこの家に引き取られたのでしょうか？」

「ミアは――大通りにある靴屋の夫婦に引き取られました」

「そうでしたか。帰りに寄って、様子を見てまいりますわ」

「あ、いや、待ってください。記録帳を読まないと、たしかな情報はわからないのですが」

なぜ？　という言葉は呑み込む。追及はせずに、笑顔で別れた。

なんだか嫌な予感がする。ここを早く立ち去れ、と脳内にある警鐘がカンカンと鳴っていたのだ。

養育院の外で待たせていたマーヤと合流する。

歩きながら、彼に寄り道したいと伝えた。

「あら、珍しいですわね」

「少し、調べたいことがありまして」

「どちらに行かれるの？」

「大通りの靴屋です」

追加料金は払う。ポシェットを探りながら歩いていたら、マーヤが急に腕を掴んだ。

ぐっと身を寄せ、低い声で囁く。

「あとを追っている方がいるようです」

「――ッ！」

いったい誰なのか。ゾッとしてしまう。

もしや、この前クラウスが痛めつけた下町の男達なのか。

「合図をしたら、走りましょう」

こくりと頷く。

一歩、二歩、三歩を進んだら、マーヤが指笛を吹いた。

その瞬間、私は走り始める。

「待て‼」

「止まれ‼」

背後から男達の叫びが聞こえる。足音から推測するに、五、六人はいるのか。

ずいぶんとたくさんの人手を用意してくれたものだ。

「お嬢様、あたくしがここを引き受けますので、目的地で合流しましょう！」

目的地というのは、先ほど私が寄り道したいと言った靴屋だろう。

頷き、彼女と別れる。

大通りに行ったら、巡回する騎士がいる。何かあったら、助けてくれるだろう。

必死に駆けていたら、建物を曲がってきた男性とぶつかってしまった。

「ああん？　お前、どこを見てんだ？」

「ま、前を……」

クラウスに倣って答えてみた。

恐る恐る顔を上げると、知っている顔だった。

以前、私を追い回した下町の男である。

「ああ、お前は‼」

「ご無沙汰しておりますわ！」

下町の男は腕を伸ばしてきたので、咄嗟《とっさ》に回避する。それだけではなく、臑《すね》を思いっきり蹴った。

「ぐあっ‼　ク、クソ女が‼」

効果的な一撃だったのか、その場にしゃがみ込んだまま動こうとしない。

よし！　と拳を握りつつ走って逃げていたら、目の前に黒い物体が飛び込んできた。

「きゃあ‼」

それが何か確認する前に、捕まってしまった。

手首を握られ、ぐっと伸ばされる。

あと少し力を込めたら、私の体が浮いてしまいそうだった。

まるで、精肉店に吊《つる》された鶏肉のような状態だと思いつつ、視線を上にあげた。

私を捕まえたのは、全身黒尽くめの男だった。

足元から腰、胸、首筋、黒い髪と確認し――最終的に真っ赤な緋色の瞳と目が合ってしまった。

「ヒッ‼」

見間違えようがない。私を捕獲しているのは、悪魔公子クラウス・フォン・リューレ・ディングフエルダーだ。

「お前、なぜここにいる？」

「そ、それは――」

顔を逸《そ》らしたら左右の頰を潰すように片手で摑まれ、クラウスがいるほうを強制的に向かされる。

「お前、事件に関わっているんじゃないよな？」

「うぇ？」

……事件とは？

頰を潰されている状態では、まともに喋《しゃべ》ることなんてできない。

離してくれと訴えても、クラウスは私の頰を潰した状態で睨《にら》むばかりだった。

「閣下、お待ちください!!」

クラウスの暴挙を止めようとしたのは、マーヤであった。

複数の男達を相手にして大丈夫だったのか心配になったものの、着衣の乱れこそあれどケガはないようだった。

「お前、誰だ？」

「このような恰好で失礼いたします」

マーヤは拳を胸に当て、騎士の敬礼をする。

「自分は第三王子近衛部隊のマティウス・フォン・ボルヒャルトと申します」

「近衛騎士がメイド服を着て街を闊歩しているだなんて、笑わせてくれる」

「返す言葉もございません」

クラウスとマーヤ改めマティウスは、ぴりついた空気のまま、見つめ合っていた。

いい加減、腕を摑むのと頬を潰すのを止めてほしいと、心の中で願う。

いったいどうしてこういう状況になったのか。

次にクラウスに会ったら結婚を申し込もうと思っていたのに。

今、絶対に結婚したくない、という感情が火山にあるマグマのように沸き立っている。

あんなに会いたかったクラウスとの再会だったが、今すぐ別れたいと熱望している自分がいた。

一方、クラウスとマティウスは、蛇が蛙《かえる》に出会ってしまった、みたいな雰囲気であった。

騎士であるマティウスが年下相手に圧倒されている状況が謎でしかない。この辺はさすが悪魔公子のど迫力、といったところか。

「閣下、そちらのお嬢様は事件とは無関係なはずです」

「ならばなぜ、ここ最近、養育院に入り浸っている？」

クラウスは親の敵を見るような目で、私を睨みながら問いかけてくる。

あなたに結婚を申し込むためです、と言えるような雰囲気ではなかった。

「閣下、そ、そのように頬を潰されていては、ご令嬢はお話しできないかと思われます。あと、手もお離しになってください。とても細い腕ですから、千切れてしまいそうです」

「虫の脚ではあるまいし」

なんて言いつつも離してくれた。ただ、威圧感のある睨みを送り、私が逃げ出さないように警戒している。

「わたくしは結婚前に、母の遺志を引き継いで慈善活動をしていただけですわ。流行病のことも心配でしたので」

「ええ、そうなんです！　下町にある診療所を作る計画を立てたのも、彼女なのですよ！」

マティウスがそこまで知っていたとは驚きである。一応、そっちのほうは匿名でしていたのに。

「あの、マティウス、どうしてそれをご存じだったのですか？」

「そ、それは――」

マティウスはサッと視線を逸らし、気まずげな表情で俯いた。彼の代わりに、なぜかクラウスが説明してくれる。

「おおかたこいつのご主人様に、お前がどんな目的で慈善活動をしているのか、探るように命じられたのだろう」

「そうでしたのね」

「も、申し訳ありません」

ここできちんと、マティウスは私に本名を名乗ってくれた。

王族の近衛騎士だとは聞いていたので驚きはしなかったものの、知りたいことがあるのならば、直接聞いてほしかった。

しかしながら彼は上の命令に従っていただけなので、強くは非難できない。

診療所には寄付が集まり、大がかりなものとなっていた。すでに私の手から離れ、寄付金などは別の貴族が管理している。

私みたいな小娘が率先してするよりも、貴族の当主が管理したほうがいい。そう思って、名乗り出た者に託していたのだ。

どうやらそれが、トラブルの種になっていたようで……。

「お嬢様はご存じないようなので報告させていただきますが、診療所への寄付金が何者かの手によって、悪用されているようで」

「な、なんですって⁉」

「寄付金の横流しが横行していたらしい。それを指示していたのがお前じゃないかと、第三王子は睨んでいたようだ」

「まあ！」

詳しく調査するため、第三王子はマティウスを私のもとへ送り込んだのだという。

「ラウ様、あなたも寄付金の流れについて調査していましたの？」

「違う」

マティウスはクラウスに〝閣下〟と呼びかけていた。同じ騎士であれば、ディングフェルダー卿と呼んでいただろう。

「ラウ様は騎士隊でない組織に属していて、別の事件について調査なさっていたのですね？」

「……」

沈黙は肯定を意味するのだろう。

「ねえマティウス。彼はどこの組織の御方ですの？」

「え、あの、それは……」

「閣下と呼びかけていたので、騎士ではありませんよね？」

「そ、その……うう！」

マティウスは額にびっしり汗を掻きつつ、しどろもどろになる。

気の毒になってきたものの、彼は真なる目的を隠し、私に近付いてきた。追及する権利くらいはあるだろう。

じりじりとマティウスを追い詰めていたのだが、疑問に対する回答はクラウス自身からあった。

「私は国王陛下直属の、鉄騎隊《アイアンサイド》に属する者だ」

鉄騎隊という組織はこれまで耳にしたことがない。

初めて聞いたのでポカンとしていたら、マティウスが耳打ちしてくれる。

「近衛騎士よりも国王陛下の近しい位置に侍る、個人で任務を行う騎士のような存在です」

なんでも公表されていない組織のようで、知らないのが当たり前らしい。

集団で任務を遂行する騎士とは異なり、単独で行動するようだ。

「その情報は、わたくしが知っていてよいものだったのでしょうか？」

「よくない。だから、お前が知っている養育院についての情報を言え」

それは取り引きというよりも、命令に近かった。

「ひとまず、ここで立ち話もなんですので、どこかでお茶でも飲みながらお話ししません？」

朝から一度も休まず、ここに来たのだ。お腹も空いているし、喉も渇いている。

この場では誰に聞かれているかもわからないので、提案してみた。

クラウスはただ一言「付いてこい」と言って踵を返す。

彼のあとを追って行き着いた先は古びた建物である。

クラウスは勝手知ったる我が家のように、裏口から中へと入っていった。

倉庫のような部屋には地下に繋がる出入り口が隠されており、そこから階段を下りていく。

薄暗い廊下を進んだ先にあったのは、喫茶店であった。カウンター席のみの、こぢんまりとしたお店だ。

四十歳前後の中年男性が店主のようで、笑顔で迎えてくれる。

「いらっしゃい」

「紅茶を三つ」

クラウスは勝手に注文し、席に腰かけた。私はひとつ空けて、隣に座る。

マティウスを振り返ってどうぞと示したが、断られてしまった。

紅茶とともにバターケーキが運ばれてきた。お腹がペコペコだったので、店主が神のように見える。

感謝しつついただいた。紅茶もおいしくて、大満足だった。

二杯目の紅茶を飲んでいると、クラウスが話し始める。

「下町で、人が次々と行方不明になっている」

「なっ⁉」

奴隷として他国に売り出されているのではないか、と裏社会で噂《うわさ》になっていたようだ。クラウスはその事件に関して、調査してくるようにと国王陛下より命令を受けたらしい。

「苦労して調査した結果、養育院の院長が怪しいのではないのか、と犯人のあたりを付けた」

「そんな！　院長先生は悪い人ではありません！」

身寄りがない子ども達のために、身を粉にしながら働くような人だったのだ。

「院長について詳しく調べようとしたら途中から病気で寝込むようになり、地方へ逃げてしまった」

「そ、それは――」

病気になった院長と会っていないので、真偽については謎である。

「院長がいなくなった代わりに、ある貴族令嬢が養育院に入り浸るようになった。さらに下町に診療所を作り、多額の寄付金を集めることに成功した」

「あ、あの、とても、怪しい人物ですね」

「お前だ」

「ええ、わたくし、です」

こんな状況になっているとは、私も知らなかったのだ。

マティウスと同じように、私の額からも汗が噴き出てくる。

「たしかに、わたくしはここ最近、養育院に入り浸るようになり、診療所も建てました」

前者に関してはクラウスに会うためだし、後者に関しては気の毒な人達を少しでも救いたいという気持ちがあった。

それが、私自身の立場を危うくする原因になっていたとは、知る由もなかったのである。

「事件の犯人はわたくしでも、院長先生でもなく――」

そうだ。怪しい人物がひとりだけいた。

クラウスに捕まってしまったので失念していたものの、私はある場所に情報収集に行こうと思っていたのだ。

「あの、靴屋さんに一緒に行きませんか？」

「は？」

「シスターカミラに先週引き取られた子について聞いたところ、靴屋の夫婦に引き取られた、というお話でしたの。でも、わたくしが様子を見にいくと言ったら、慌てた様子で情報を確認したいと言いだして」

数年前に養子として引き取られた子であれば、その反応は無理もない。

けれどもたった数日前にいなくなった子の引取先の記憶が曖昧というのは、責任感に欠けている。

「おかしいと思って、会話に挙がった靴屋に行こうと思っていたのです」

「なるほど」

ちなみに、クラウスもシスターカミラに子ども達がどこに引き取られたのか、質問したことがあったらしい。けれども、個人情報を教えることはできないと拒否されてしまったようだ。

「シスターカミラとは、幼少期から付き合いがありましたの。気が抜けていて、ポロッと零してしまったのかもしれませんわね」

何年も養育院で働いていた彼女を疑いたくなかった。働き過ぎて疲れていたのだろうと思いたい。

だから私は彼女がきちんと養子縁組を行っているか調べるために、靴屋に行こうと決意した。

そんなわけで、クラウスやマティウスと共に中央街にある靴屋を目指す。

「こちらのお店、よい職人がいて、貴族、平民問わずに人気のお店なのですよ」

母が生きていた時代は、何度か通ったことがある。オーダーメイドのお店で、注文から完成までに一ヶ月ほどかかる人気店なのだ。

店内に入ると、若おかみさんが迎えてくれた。

「いらっしゃいませ」

「こんにちは」

お店は工房と店舗が一体型になっていて、旦那さんが靴を作る様子を見ることができる。今日も店の奥で、靴をせっせと製作していた。

「何かご入り用でしょうか？」

「少しお話を伺いたくて」

情報料なのか、クラウスが銀貨を若おかみに差し出す。すると、若おかみは戸惑いの表情で、旦那さんのほうを見た。

「わたくし達は怪しい者ではありません」

マティウスのほうを見て、身分を名乗れと視線で訴える。

「その、秘密裏に動く、騎士隊関係の者……です」

旦那さんは靴を作っていた手を止め、店の奥に案内するように言ってくれた。

一階の一部と二階は住居スペースになっているらしい。一階にある台所兼食堂へと案内される。

若おかみが淹れてくれた紅茶を飲みながら、本題へと移った。

「養育院について、少しお聞きしたいのですが、最近、訪問か何かされました？」

「ええ。十日ほど前でしょうか」

靴屋は大繁盛で、子どもを産み乳児を育てている暇などない夫婦は話し合い、養子を取ることに決めた。

五歳から六歳くらいの、大人しい子どもがいい。そんな希望とともに養育院を訪ねたらしい。

「庭で遊んでいた、ミアという女の子を妻が気に入り、養子に迎えたいと思ったのですが――」

シスターカミラと話したところ、ミアはすでに養父母が決まっていると言われてしまったらしい。

「では他の子を、と思ったのですが、今いる子ども達は全員、引き取り先が決まっていると言うのです」

「まあ！」

養育院の子ども全員に引き取り先が決まっているなど、ありえないだろう。

「シスターカミラは寄付金次第で、子どもを紹介できると言ってきたのですが――」

彼女が提示した金額は、金貨十二枚。それは平民が一年かけて稼ぐような金額だったという。

「養子を引き取るのに金が必要など、聞いたことがない。まるで人身売買だと言ったら、シスターカミラに今後、養育院に出入りすることは許さないと言われてしまい……」

驚くべきことに、養育院の奥から無頼漢のような男達が出てきて、靴屋の夫婦を強引に外へ追い出したのだという。

先ほど、下町で私やマティウスを追いかけてきたのも、シスターカミラの息がかかった男達なのかもしれない。

「騎士隊に相談しようと思っていたのですが、店に嫌がらせを受けてしまいまして」

もしも通報したら、酷い目に遭わせてやる、と脅されていたようだ。

弱い立場にいる人達を、暴力をもって従わせるなんて酷いとしか言いようがない。

若おかみは震えながら、被害を訴えていた。

「安心してください。事件が解決するよう、彼が頑張りますので」

そう言って私はクラウスのほうを見たが、ジロリと睨まれてしまった。

メイド姿のマティウスよりクラウスに言ったほうが、説得力があると思っていたのだが。

一通り情報を得ることができたので、靴屋をあとにする。

外は夕日が差し込むような時間帯となっていた。

「では、この件につきましては、騎士隊と鉄騎隊とやらにお任せしますね」

ごきげんよう、と言って去ろうとしたのに、クラウスに首根っこを掴まれてしまった。

「おい、お前とはどうやったら連絡が取れる？」

「わたくしですか？　では、ラウ様のご連絡先を教えていただけたら、お手紙を送りますわ」

そう返した瞬間、親の敵を見るような視線がグサグサ突き刺さる。しかし、予知夢でみた二十代のクラウスの睨みより迫力はないので、屈するわけがなかった。

その後、クラウスは黙り込んでしまう。

私の素性は把握しておきたいものの、自分の素性は言いたくないらしい。

そんな相手に教えるわけがない。

ただ、このまま彼との関係を絶つわけにはいかなかった。

「リッツ通りにあるパン屋〝メロウ〟の主人に、田舎風のパンを百個注文したい、とおっしゃってくださいな。そうしたら、わたくし宛てにお手紙を届けていただけますので」

それはいつも取り引きをしているパン屋のおじさんが、私と連絡を取りたい相手に伝える暗号みたいなものであった。

「わかった」

クラウスはそう言って、足早に去っていく。

彼の姿が見えなくなってから、ハッと気付く。結婚の申し込みについて忘れていたと思い出したのだった。

「あー、もう！　わたくしったらどうして……」

ただ、あの頑固者は今現在の私が結婚してと言っても、絶対に頷かないだろう。

前途多難というやつだった。

家に帰った頃には、すっかり暗くなっていた。夕方には戻ると言っていたので、ヘラに怒られるかもしれない。

彼女に見つからないようこっそり移動していたら、私の部屋が開かれており、複数のメイドが行き来していた。

手には箱があり、何かを持ち出しているように見える。

まさか――と思って慌てて部屋を覗き込む。

そこにはイヤコーベとジルケ母娘がいて、メイドに指示を出しているようだった。

「エルーシアが戻ってくるまでに、全部持ち出すんだよ」

「布小物は全部あたしの部屋に運んで」

「なっ――!?」

床下収納が開かれ、母の遺品が持ち出されているようだった。

「いったい何をしていますの!?」

イヤコーベは私の存在に気付くと、悪びれもしない様子で言い返してきた。

「あんたが隠していた物を、取り返しただけさ」

「隠してって、これはお母様の遺品ですわ。ここにある品はすべて、わたくしが受け取る物だと、遺書にありました」

「遺書なんて知ったこっちゃない。前妻の私物は、ぜんぶあたしの物なんだ!」

「ひ、酷い……!」

苦しい思いをするのと引き換えに、未来を変えたと思っていたのに……。

どんなに抵抗しても止められず、結局、母の遺品はイヤコーベとジルケに奪われてしまった。

「どうして、気付きましたの？」

「ヘラがあんたの部屋にある絨毯が欲しいって、引っぺがしたら偶然発見したのさ」

絨毯を杭《くい》で打ち付けておけばよかった、と後悔が押し寄せる。まさか、古びた絨毯を奪おうとする者が出てくるとは想像もしていなかったのだ。

ジルケは嬉しそうに、足元に置いてあった木箱からドレスを手に取る。

「この社交界デビュー用のドレスも、あたしが貰ってやるから。あんたにはあれをあげるからさ」

寝台の上に、無造作な様子でドレスが放り出されていた。それは以前、ジルケが奪っていった社交界デビュー用のドレスである。

手に取ってみるとスカートは裂け、縫い付けてあったパールはすべてちぎられているという、なんとも無残な状態であった。

「ダンスの練習をしていたら、破けちゃったんだよ」

床下収納に入っていたドレスは、社交界デビュー用の一着だけだ。あとのドレスは、古着屋に貸し出している。全部売り払わなくてよかったと、過去の自分に感謝した。

母の遺品や隠していた私物は根こそぎ奪われ、イヤコーベとジルケ、メイド達は去っていった。

私の手元に残ったのは、ボロボロのドレスだけである。

もはや、ため息すら出てこない。この家にある私の物は、奪われる定めにあるのだろう。

こんなこともあろうかと個人的に貯めたお金は両替商にあるし、もっとも大事な遺品であるエメラルドの首飾りは質屋に預け売らないように頼んでいた。

残りの遺品もどうにかしなくては、と考えていたところだったのに……。

上手くいかないことばかりである。

もしかしたら、予知夢でみた未来は変えられないものなのだろうか？

血を吐いて、目眩に襲われて、起き上がれないほどの体調不良に襲われていたというのに、あまりにも酷すぎる。

ウベルとの結婚も、回避できたと思っても、予知夢通りになってしまうかもしれない。

それだけは、絶対に避けたい。

今度こそ、クラウスに会って結婚を申し込まなければならないだろう。

その日の晩、夢をみた。

それはクラウスと仲睦《なかむつ》まじく腕を組み、薄暗い店に行くという内容だった。

そこではカードやルーレットを行い、金品をかけて楽しむ。

客の中で、顔見知りの女性を発見する。

菫《すみれ》色の髪に、芥子《けし》色の瞳を持つ、四十歳前後の美しい女性だ。胸元が大きく開いたマーメイドラインのドレスをまとっていた。

クラウスが彼女の腕を掴むと、傍にいたディーラーが突然襲いかかってきて――クラウスの腹部にナイフが突き刺さる。

「――ッ‼」

悪夢をみたようで、飛び起きてしまった。

「……？」

内容は覚えていない。最近、夢をみても起きたら忘れているということが多かった。

どうせ、私がイヤコーベとジルケ母娘にいじめ倒される夢だろう。

回避したと思っても、いつか巡り巡って予知夢通りになってしまう。

ならば、知らないほうが幸せなのではと最近は思うようになった。

ため息をひとつ零し、目を閉じる。再びすぐに眠りの海へ沈んでいった。

◇◇◇

クラウスからの手紙は案外早く届いた。

真っ赤なドレスに手紙が添えられていたので何かと思ったら、潜入調査に協力してほしい、とあった。なんでもとある賭博場に、シスターカミラが出入りしているという情報を掴んだらしい。

賭博というのは古くから国で禁止されている。そういった場所に立ち入ることすら罪とされていた。

シスターカミラに関する情報が本当か確かめるために、同行してほしいという打診であった。

なんでもここ数回、鉄騎隊の隊員達が潜入調査しているようだが、シスターカミラ本人だと確認できなかったという。

普段は慎《つつ》ましい修道服に身を包んでいるため、化粧をし、ドレスを着た女性の誰が彼女なのかわからないようだ。

そんな状況の中で、古くから付き合いのある私ならばわかるのではないか、と白羽の矢が立ったらしい。

クラウスに恩を売るまたとない機会である。私はふたつ返事で応じた。

イヤコーベはジルケの社交界デビューの準備で忙しいからか、私にいじわるしている暇はないらしい。

ヘラも私の部屋から奪った絨毯や家具で模様替えをするのに夢中のようで、あれこれ言いにこなくなっていた。

その隙に、屋敷を抜け出す。

本日は潜入するクラウスの愛人ということで、いつもより派手な化粧や装いで挑んだ。

極彩色の扇や帽子、踵《かかと》の高い靴など小物も入っていたので、それらしく仕上がったように思える。

リッツ通りにあるパン屋〝メロウ〟の裏口に馬車が用意されており、手紙に書かれていた車体の特徴を確認してから乗りこんだ。

中には腕組みしたクラウスが、どっかりと鎮座している。

焼き砂糖《キャラメル》色に染めた髪は整髪剤でしっかり撫で上げており、目元は遮光眼鏡《めがね》をかけて瞳の色がわからないようにしていた。燕尾服《えんびふく》をまとう様子は、どこぞの裏社会組織の若頭、といった雰囲気であった。完璧な変装である。

一方で、私の様子を見たクラウスは鼻先で笑うと、評価を口にした。

「上手く化けたな。品のない愛人という、オーダー通りだ」

単純に、イヤコーベの化粧や装いを真似しただけである。本人が聞いたら怒りそうだが、私個人としては、いい見本だったと感謝しかない。

クラウスが御者に合図を出すと、馬車が走り始める。

「報酬について、先に話しておこう」

「いいえ、必要ありませんわ」

今回はクラウスに恩を売りつけるのが目的である。お金で解決させるつもりはなかった。

この任務をきっかけに、役に立つ奴だという認識を植え付けるのもいいだろう。今日のために、体力作りもしておいたのだ。

報酬はいらないと言ったからか、クラウスは疑心たっぷりの目で見つめていた。

「わたくし、欲しい物はございませんの。その代わりに今回は、あなたがふっかけてくれた不名誉を、晴らそうと思いまして」

「もう、お前が犯人とは思っていないのだが」

「そうだとしても、わたくしは自分の手で証明したいのです」

それで納得してくれたのか、クラウスは追及してこなかった。

「賭博場は摘発しませんの？」

「きちんと把握した上で、見逃しているらしい」

あえて取り締まらずに放置している理由は、そこに大きな事件の犯人が出入りする可能性があるからだという。

賭博場という罠《わな》を設置し、大きな騒ぎにせずに摘発する。なんて作戦を計画しているようだ。

「なるほど。そういうわけでしたか」

普段から鉄騎隊の隊員達が潜入し、頻繁に出入りしているらしい。

何か危険な取り引きが交わされるようであれば、秘密裏に処理するのだという。

素行の悪い者達が突然行方不明になるのはよくあるようで、賭博場に来なくなったとしても誰も気にしないのだという。

なんというか、この世の闇を凝縮させたような場所なのだろうな、と思ってしまった。

クラウスと会話をしているうちに、賭博場へと辿り着いた。

賭博場は没落貴族から買い取った、瀟洒《しょうしゃ》なお屋敷であった。

そこの大広間《サルーン》を改装し、賭博する場として提供しているらしい。

案内された大広間に進むと、薄暗い中で大勢の人達が賭博に興じていた。

女性の数は想像していたよりも多い。この中から、シスターカミラを捜すのは困難だっただろう。

「これは、調査がしにくかったでしょうね」

「まったくだ」

裏社会と繋がった賭博場は賑やかだったけれど、普段の社交場とは異なる殺伐とした空気が流れていた。

ゲームを行う台には金貨が積み上げられており、負けた者と勝った者の明暗がひと目でわかる。カードゲームを行う台がもっとも多く、端にルーレットやダイスなどの台が置かれていた。各台にはディーラーがいて、不正行為がないか目を光らせている。

場に馴染《なじ》むために、クラウスはいくつかのゲームに参加する。

やる気はまったくなく、適当に賭けていたようだが、彼は勝ち続けていた。

運がいいというか、なんというか。こういうのは、欲がない人ほど勝ってしまうのかもしれない。

一時間ほど経っただろうか。ダイスで三枚の金貨を三十枚に増やしていたクラウスだったが、すでに飽きたらしい。

集中力が切れたから帰るか、なんて話しているところに、菫色の髪を靡《なび》かせて歩く、四十歳前後の女性を発見した。

彼女はシスターカミラに見えなかったのだが、なぜか引っかかりを覚えたのだ。

クラウスの服の袖を引くと、すぐに察してくれた。

「どの女だ？」

「菫色の長い髪の――」

「ああ、あれか」

「でも、近くで見ないとわかりませんわ」

瞳の色を見たら、わかる。シスターカミラは芥子色の瞳をしていた。

菫色の髪の女性は普段のシスターカミラよりずっと若く見える。けれども、地味な修道服姿から、化粧をし、ドレスを着たら別人のように見えるのだろう。

今はとにかく確認するしかない。菫色の髪の女性がいたルーレットの台に、クラウスは堂々たる態度で参加する。

先ほど得た三十枚の金貨を出すと、周囲は大いに盛り上がった。

ディーラーがルーレットの盤《ウイール》を回し、小さなボールが投げ込まれる。

皆の視線がルーレットの番号に集中する中、私はただひとり、菫色の髪の女性に注目した。

芥子色の瞳を確認した瞬間、胸がどくんと脈打つ。

シスターカミラに間違いない。

気付いたのと同時に、ルーレット台を囲む人達が沸いた。

シスターカミラの番号を的中させたようだ。

金貨はすべて彼女のものとなる。クラウスは悔しそうな演技をしていた。

「今日のところは、これでお暇《いとま》いたしますわ」

声を聞いたら、間違いないと思ってしまう。

クラウスの袖を引いて、彼女がシスターカミラであることを暗に伝えた。

すると、クラウスは何を思ったのか、声をあげる。

「これはディーラーと結託したインチキだ」

振り返った菫色の髪をした女性の顔は、酷く引きつっていた。

「おい、逃げるな！」

クラウスが立ち上がろうとしたそのとき、とてつもない眠気に襲われる。

目眩を起こしたときのように意識が遠のいたのと同時に、私の脳裏に走馬灯のような光景が浮かび上がる。

それは菫色の髪をした女性の腕を摑んだクラウスが、突然現れた第三者の手によって腹部を刺されるというものだった。

「くそ！」

クラウスの悪態でハッと目覚める。一瞬、意識を失っていたようだ。

すでにクラウスは立ち上がり、菫色の髪をした女性に腕を伸ばしていた。

先ほどみたのは予知夢かもしれない。そう思って叫んだ。

「あなた、お待ちになって！」

クラウスの腕を引いた瞬間、ナイフを握ったディーラーが目の前に飛び出してきた。

あのまま菫色の髪をした女性の腕を引いていたら、クラウスは確実に刺されていただろう。

菫色の髪の女性は人混みをすり抜け、出口を目指す。

ディーラーは周囲の者に指示を出し、クラウスを襲うように命じた。

私は逃げていった菫色の髪の女性を追いかける。

「シスターカミラ！　シスターカミラなのでしょう!?」

体力作りをしていたのに、急に激しい咳《せき》に襲われる。喉からぬるりとした血の味がじわじわ広がっていた。

やはり、先ほどみたのは予知夢だったのだ。未来を変えた代償が私に牙を剝く。

ここで血を吐くわけにはいかないので、ぐっと我慢した。

だんだんと後ろ姿が遠ざかっていく。このままでは逃げられてしまうだろう。

外に飛び出していった瞬間、私は叫んだ。

「シスターカミラ！　菫色の髪をした、シスターカミラ‼」

すると、付近に潜伏していた騎士達が出てきて、菫色の髪の女性を取り押さえる。

その様子を確認すると、ホッと胸を撫で下ろす。

賭博場に行く前に、外に騎士隊を配置してあると聞いていたのだ。

安心したら、咳き込んでしまう。きっとハンカチは血だらけだろう。今にも倒れてしまいそうなくらい辛《つら》かった。

「お嬢様、大丈夫ですか⁉」

駆け寄って手を差し伸べてくれたのは、マティウスだった。

ホッとしながら、彼の手を摑もうとした。

その瞬間に、背後より引き寄せられる。

「よくやったじゃないか」

クラウスだった。襲いかかってきた者を倒し、ここまで戻ってきたらしい。

彼は私を小麦の大袋のように担ぎ上げてくれる。

普通の貴公子であれば、横抱きにするような場面なのだが。

さすが、悪魔公子としか言いようがない。

「お前には借りができたな」

「ええ！　今すぐ返してくださいませ！」

「どうやって？」

私はここだ！　とばかりに口にする。

それは、私の悲願でもあった。

「わたくしと、結婚してくださいませ！」

「は？」

いったい何を言っているのか、という声色であった。

担ぎ上げられているので、彼がどんな表情かはわからない。

「どうか、お願いいたします。わたくしには、あなたしかいないのです」

「わけがわからない」

「理由は、結婚してからお話ししますので」

馬車がやってきて、扉が開かれる。クラウスはその馬車に詰め込むように私を乗車させた。

「あの、返答は？」

「お断りだ」

そう言って、クラウスは扉を閉める。

女性からの懇願を断るなんて酷いとしか言いようがない。

やはり彼は、悪魔公子の名にふさわしい、冷酷で血も涙もない男なのだと思ってしまった。

第三章　想定外の社交界デビュー

しんしん、しんしんと雪が降り積もる。

冷たい風が吹き荒れ、洗濯が辛くなる季節の真っ盛りであった。

手はかじかみ、爪はボロボロだった。

クラウスと賭博場へ潜入調査に行ってから、早くも一ヶ月経った。

新聞各社では、下町で起こったシスターの寄付金横領及び孤児失踪事件が大々的に報じられていた。

事件の犯人は、シスターカミラだったようだ。

信じられない気持ちでいっぱいだが、紛れもない事実である。

養育院に寄贈された金品の横領は、かなり前から行っていたらしい。ただ、ここ最近ほど派手ではなかったようだ。

彼女が変わったきっかけは、とある貴族との繋がりだったという。

フィッシャー男爵――社交界で有名な投資家で、シスターカミラを愛人として囲っていたらしい。

なぜ、シスターカミラが貴族と繋がっていたのかというと、彼女はそもそも元貴族だったという。

とある富豪の家に嫁いでいたようだが、不貞がバレて修道院送りになっていたらしい。

数年は修道院で奉仕活動し、十年ほど前から養育院で働くようになったという。

フィッシャー男爵は、十五年前の浮気相手だったようだ。

偶然再会し、シスターカミラはフィッシャー男爵の愛人となった。

そして彼と意気投合し、養育院への寄付金の横領を思いついたのだろう。

シスターカミラの罪は横領だけではない。

養育院の子ども達を、隣国の奴隷市場に送り込んでいたのだ。

得た利益を賭博場で使っていたらしい。

子ども達は全員連れ戻され、別の地方にある養育院へ移されたという。

ずいぶんと酷い目に遭ったようで、大人達に対して怯《おび》えた態度を見せているという。なんとも痛ましい事件であった。

さらに、院長先生はシスターカミラに毒を飲まされていたらしい。フィッシャー男爵の領地に監禁されていたようだが、騎士隊に保護され適切な治療を受けているようだ。

下町に新しく建てた診療所での横領事件を起こしたのは、フィッシャー男爵だった。

そう。私が経営を託したのは、彼だったのだ。

有名な投資家だったし、評判も悪くなかったので託したのだが、まさかの結果になってしまったわけである。

クラウスは独自の調査でシスターカミラが怪しいと踏んでいたようだが、なかなか証拠を摑めなかったらしい。

かなり用心深く、犯行を続けていたようだ。

ただ、私との何気ない会話の中で、彼女はついうっかりボロを出してしまったという。

その後、私も事情聴取を受けることとなったのだが、クラウスが私は無関係だと弁護してくれていたようで、あっさりと解放された。

クラウスに貸しを作ったつもりが、返しきれない借りを作ってしまうという結果になった。

私の人生、お先真っ暗だというわけである。

◇◇◇

ジルケは社交界デビューの準備で忙しいようで、私にいじわるをする暇などないようだ。

イヤコーベも愛《いと》しい娘《ジルケ》のパーティーの支度でばたばたしている。彼女も、私に構っている場合ではないらしい。

おかげさまで、私は平和な日々を送っている。

ヘラが嫌味を言ってくることはあるが、さらっと聞き流している。

この先もずっと社交界デビューの準備が続けばいいのに、なんて思っていた。

ある日、ジルケが部屋に押しかけてくる。

「エルーシア、喜びなさい。あんた、社交界デビューができるよ！」

「は？」

いったい何を言っているのか、と呆れた気持ちでジルケを見る。

「はい、これ、あんたの招待状」

手垢《てあか》か何かで汚れた招待状が手渡される。そこには私の名前が書かれていた。

「こちらは……」

私に届いた招待状をジルケが奪い、これで参加するというデタラメな主張をしていたものだろう。

「あたしはウベルと参加するから、招待状はいらないんだ」

「そう」

「あんたはあたしがあげたドレスがあるだろう？　あれを着ていけばいいさ」

ジルケがあげたドレスというのは、私から奪った挙げ句、破いて返してくれたものだろう。

よくもあげたなんて言えたものだと思ってしまう。

珍しくジルケは上機嫌だった。わかったから、一刻も早くここから去ってほしい。

「パーティーは、行けたら行きます」

これは行きたくない誘いを前向きに検討しているように聞こえる、非常に都合のいい言葉である。

本当ならばお断りだ、と言いたいのだが彼女の不興は買いたくなかった。

「何を言っているんだ。国王陛下の招待だから、絶対に行かなきゃいけないんだよ！」

この前までは私なんかが参加できないって言っていたのに、手のひらの返しようが鮮やかとしか言いようがなかった。

ジルケはスキップしながら部屋を去っていく。

見る限り、淑女教育は順調とは言えなかった。

一応、ジルケが押しつけてきたドレスは取ってある。けれども、スカートが盛大に破かれ、装飾のパールが引きちぎられていたので、修繕など不可能だろう。

仮に直せたとしても、手はボロボロ、髪や肌の手入れなんかしている暇がない私が行っても、惨めな思いをするだけだ。

それはわかりきっていることだった。

せいぜい楽しんでくるといい、なんて思っていた私の元に、信じがたい手紙が届く。

父が慌てた様子で、私の部屋に押しかけてきたのだ。

何事かと思えば、王妃殿下から手紙を預かってきたという。

あまりにも騒ぐので、イヤコーベとジルケもやってくる。

「どうしてお前が王妃殿下から手紙を賜るんだ？」

「さあ。心当たりはないのですが」

一応、母が王妃殿下の又従姉妹《またいとこ》であるので、まったく無関係ではない。けれども、こうして手紙を受け取ったのは初めてである。

ひとりで読みたかったのだが、今すぐ開封し、中身を確認するようにと父に言われてしまった。

穴が空きそうなくらい私を見つめるイヤコーベやジルケをよそに、ペーパーナイフを使って封を切って便箋を取り出す。

書いてあった内容は、養育院に関わる事件に関し、解決に導いてくれたお礼をしたい、というものだった。

王妃殿下は慈善活動に力を入れていたようで、今回の事件を痛ましく思っているらしい。私とゆっくり話をしたい、とも書かれてあった。

「……社交界デビューのパーティーで会うのを楽しみにしています、と書いてあります」

「ああ、そうか！」

父は私の手を握って言った。

「何か知らないが、王妃殿下にこのような声かけを賜るお前を、誇らしく思う」

「はあ」

都合のいいときだけ、父親面をするようだ。

本当に私を愛しているのならば、この質素な部屋を目の当たりにしておかしいと思うはずなのだが
……。まあ、いい。父について気にするのは不毛だろう。

イヤコーベとジルケが恨みのこもった表情で睨んでいるので、大げさな態度は取らないでほしい。

上機嫌な様子で部屋から出ていこうとする父に、ジルケが両手を差し伸べる。

「お父さん、王妃殿下からの、あたしの分の手紙は？」

「いや、お前の分はないが」

「え!?」

イヤコーベが父にとんでもないことを問い詰めた。

「あの手紙、ジルケ宛てじゃなかったのかい？」

「いや、エルーシア宛てだった。間違いない」

今日ばかりは、心の中で父に感謝した。

ただ、こういう手紙はこっそり運んでほしかった。

イヤコーベとジルケに睨まれたせいで、胸焼けしているような気がする。


どうやらデビュタント・ボールに参加しなければならないらしい。

王妃殿下が会いたいと望んでいるので、回避なんてできない。

デビュタント・ボールの服装規定《ドレスコード》は白のドレス以外認められていない。

こうなったら、父に頼んで新しいドレスを作ってもらうしかないだろう。

父の執務室に向かった私は、ここぞとばかりに頼みこんだ。

「お父様、社交界デビュー用のドレスを一着、仕立てたいのですが」

「お前にはフィルバッハから貰ったドレスがあっただろうが」

「あちらは――」

家庭内に荒波を立てるつもりはなかったが、もう我慢も限界である。ジルケの悪行を、ここで暴露してやろう。そう思って、父に打ち明けた。

「ジルケに取り上げられてしまったのです」

「なんだと⁉　本当か？」

「嘘は言いません」

王妃殿下から手紙が届いたことで私を丁重に扱わないといけないと思い直したのか、父はすぐに執事にジルケを連れてくるようにと命じた。

五分と経たずに、ジルケだけでなく、イヤコーベもやってくる。

「ジルケ、エルーシアのドレスを奪うとは何事だ!?」

「な、何を言っているんだ！　あたしはエルーシアのドレスなんか奪っていない！」

次の瞬間、ジルケはわざとらしく泣き始める。代わりに、イヤコーベが抗議を始めた。

「ジルケはエルーシアのドレスなんか奪っていないよ。逆に、ジルケのために仕立てたドレスを奪ったんだ」

「なんだと!?」

まるで魔法が解けてしまった瞬間のように、父は私に対して厳しい視線を向ける。

「それだけじゃなくて、ジルケはずっとエルーシアにいじめられていたんだ。ジルケは健気《けなげ》で、大丈夫だから誰にも言わないでくれと言われていたんだが」

ジルケの手で隠された口元は、にやりと笑みを浮かべていた。

「証拠は――」

続けて、ヘラが部屋に入ってくる。手にはドレスがあった。

「こちらが、ジルケお嬢様のドレスでございます」

披露されたのは私が部屋に置いていた、スカートが裂けて装飾のパールが引きちぎられたドレスである。

「ジルケお嬢様のために仕立てたドレスを、エルーシア様がこのような状態にしたそうです」

「エルーシア、お前はなんてことを!!」

父はヘラに、私の背中を鞭打ちするように命令する。

もはや父には、私の主張なんて通じないらしい。

その後、私はヘラから三十回の鞭打ちを受ける。

終わったころには、背中が火で焼かれているのではないか、と思うくらい痛みを感じていた。

「このドレス、あんたにこそお似合いだ」

そう言って、ヘラは破れたドレスを私の肩にかけてくれたのだ。

生まれてからもっとも最悪な一日だったと言えよう。

◇◇◇

背中がじくじくと鋭く痛み、なかなか眠れない。

パン屋のおじさんに傷薬を頼もう……なんて考えているうちにまどろんでいく。

夢の中で、私はボロボロのドレスをまとっていた。

周囲の者達からは笑いものにされていたが、ただひとり、クラウスだけは真顔で私を見つめている。

彼に手を差し伸べ、ひとつだけ願いを口にした。

もう、私を殺して――。

死だけが、私にとっての安寧だ。

彼は私を幸せに導いてくれる、死神だったのだ。

ただ、クラウスは私の手を取ってくれない。一言、「生きろ」と言って去っていく。

なんて酷い人なのか。結婚してと頼んでいるわけではないのに。夢の中でくらい、助けてほしい。

なんて思うのは我が儘なのか。

……周囲が騒がしい。いったい何が起こったというのか。

うっすらと瞼《まぶた》を開く。

「イェンシュ先生、患者さんが目覚めました!!」

「ああ、よかった」

白衣を着た男女に顔を覗き込まれる。片方は白髭《しろひげ》を生やし、眼鏡をかけた老紳士。もう片方は青褐《あおかち》色の髪を結い上げた二十歳前後の女性である。彼らはいったい何者なのか。

それと同時に、見慣れぬ天井だったので、ギョッとした。

「ここは、どこ?」

「中央街のミミ医院ですよ」

私の疑問にハキハキと答えてくれたのは、青褐色の髪の女性だった。

どうやら彼女は、看護師のようだ。眼鏡の老紳士は医者なのだろう。

「わたくしは、どうしてここに?」

「外で倒れられているところを、パン屋のご主人が発見して、運びこまれたのですよ」

「ああ……」

曖昧だった記憶が、だんだんと鮮明になっていく。

鞭打ちを受けた翌日も、ヘラから容赦なく仕事を命じられた。

背中が痛いので仕事に集中できず、意識も朦朧《もうろう》としていたような気がする。

そんな中で、シーツの洗濯を命じられた。横殴りの雪が降る中、しもやけで真っ赤に腫らした手で洗濯をしながら気を失ってしまったのだろう。

「背中の傷から菌が入って、熱を出していたそうです。発見されるのが遅かったら、命が危なかったでしょう」

「そう……」

数日、安静にしていないといけない。しばらくゆっくりしているといいと言われたものの、そういうわけにはいかなかった。

「わたくし、やらなければならないことが、ありますの」

「いやいや、あなたは病人ですから、療養が第一です」

「それでも——」

デビュタント・ボールまでに、ドレスを用意しなければならない。

破れたドレスを修繕しなければならないのだ。ヘラが私の背中にかけてくれたせいで、血まみれになっている。まずは洗って、それから破れた部分を繕わないといけない。

こうしてここで休んでいる場合ではないのだ。

起き上がろうとしたが、看護師に体を押さえ付けられてしまう。

「イェンシュ先生、お薬ください。このお嬢様、まったく言うことを聞きません」

「わかりました」

無理矢理薬を飲まされ、強制的に眠らされてしまった。

◇◇◇

それから数日もの間、私はミミ医院に入院した。

父へはイェンシュ先生が手紙を書いてくれたらしい。父からは数日反省するように、という返信が届いた。

看護師のユーリアは看護するだけでなく、親切にしてくれた。

私がシルト大公家の娘だと知ると、ありえないと憤ってくれる。

「貴族のお嬢様の手がこんなにもボロボロで、背中に傷があるなんて……酷いです！」

彼女は私のために、ボロボロと涙を流してくれた。

その涙は、私の中にあったどす黒い感情を浄化してくれる。

「なぜ、助けを求めなかったのですか？」

「助けを、求める？」

私はクラウスと結婚する以外の、助かる術《すべ》というものを思いつかなかったのだ。

おそらく、いくら逃げても捕まってしまう予知夢をみていた影響だろう。

「家に帰りたくないのであれば、ここにいてもいいのですよ」

「ミミ医院に？」

「ええ。一緒に、イェンシュ先生のお手伝いをしましょう」

ミミ医院の院長イェンシュ先生は、とても穏やかな人だ。まるで、物語に登場する優しいお祖父様《じいさま》のよう。

「イェンシュ先生が、シルト大公に手紙を書いてくださるはずです」

「でも、いくらイェンシュ先生の言うことでも、お父様は聞いてくださるかしら？」

「イェンシュ先生は国王陛下の侍医だった御方です。きっと、シルト大公も無視できないでしょう」

「でしたら――」

しばらく、ここにいよう。

もう、実家には戻りたくないし、父や意地悪母娘の顔なんて見たくもないから。

そんなわけで、私はミミ医院でイェンシュ先生の助手をするようになった。

◇◇◇

ミミ医院に運びこまれてから、一ヶ月経った。

肌触りのよい清潔な綿のシャツに袖を通し、紺色のワンピースにエプロンを合わせた姿で毎日働いている。

個人の部屋も与えられ、シーツや枕カバーは毎日取り替えてもらえるという、待遇のよさであった。

三食食事が用意され、ミミ医院で働くユーリアや他の看護師と食べるのがお決まりである。

イヤコーベやジルケに下働きを強制されていたときとは扱いが天と地ほども異なる。

ここはそこまで大きくない病院だが、患者は毎日大勢くる。貴族と平民、分け隔てなく治療をしているようだ。

私は看護師の補助として、毎日せっせと働いていた。

実家で働いていたときよりも仕事は少ないのに、しっかり賃金が発生する。

自分で働いて得たお金というのは、なんとも尊いものである。

さらに、週に二回も休みがあるのだ。

休日は本を買って読んだり、ユーリアと一緒に街に出て喫茶店に行ったり、何もしないで一日中ゴロゴロしたりと、好き勝手に過ごした。

ただ、そろそろ現実を見ないといけないだろう。

実家から、イヤコーベの名前で荷物が届いていた。

それは、例の破れたドレスである。これを着て、社交界デビューのパーティーに参加しろ、と言いたいのだろう。

ご丁寧に、招待状まで添えられていた。

「はあ……」

王家からの招待は無視できない。今回のパーティーに参加するのを最後に、貴族であることを辞めよう。そう、決意する。

最近、予知夢をみないのでパーティーがどうなるかわからない。

けれども私は、ミミ医院での充実した暮らしを知ってしまった。もう二度と、元の暮らしには戻れない。

社交界デビューのパーティーは、十日後だ。ひとまず、ドレスをどうにかしよう。

幸いと言うべきか、預けていたお金があるので、新しいドレスを買おう。

破れたドレスはどこかで買い取ってもらえる可能性がある。ドレスとしての価値はゼロに等しいが、型紙としては利用できるだろうと思い、一緒に持ち出した。

まずは新しいドレスを入手しなければ、なんて思っていたのに、服装規定で決まっている白いドレスはどのお店も売り切れだった。

今から注文しても、完成するのは一年後だという。

フィルバッハのお店は行列と人だかりで、近付くことすら困難である。裏口のほうも、弟子の志願者が押し寄せ、入る隙はないように思えた。

なんてことだ、と頭を抱え込んでしまう。

とぼとぼ街を歩いていたら、背後から誰かにぶつかられてしまった。

体の均衡を崩した私は、そのまま転んでしまう。

袋に入れていたドレスが飛び出し、馬車に轢かれてしまった。

「あ!!」

スカートは裂けているし、装飾のパールは引きちぎられているし、血まみれだし、馬車に轢かれて車輪の跡がくっきりついているし――最悪だとしか言いようがない。

ドレスを轢いた馬車が停《と》まる。怒られるだろうと身構えていたら、目の前に手が差し伸べられた。

「わたくしは平気――」

顔を上げた瞬間、ギョッとする。

私に手を貸そうとしているのは、クラウスだったから。

「あ、あら、奇遇ですね」

「人を撥《は》ねたのかと思った」

「馬車が轢いたのは、社交界デビュー用のドレスですわ」

轢かれたドレスを見たクラウスは顔を顰める。

「馬車で轢いただけで、ああなったのか？」

「いえ、スカートの破れと装飾の破損、血はもともとの特別仕様《オプション》ですわ」

クラウスは盛大なため息をつき、見るも無惨なドレスを拾い上げる。

それだけでなく、私の腕を摑んで立ち上がらせ、ぐいぐいと手を引き始めるではないか。

「あ、あの――!?」

「いいから乗れ」

背中を押され、馬車に乗る。

御者に合図を出すと、馬車は走り始めた。

いったいどこに連れていくというのか。

腕を組み、不機嫌な様子でいるクラウスに質問できるような空気ではない。前回、彼に結婚を申し込んで断られるという別れ方をしたので、気まずくもあった。

「お前、どうして侍女も付けずに、その辺をホイホイ歩いているんだ？」

「わたくしは……」

今の状況をなんと説明していいものか。言葉が見つからない。

「ドレスも、何をどうすれば、このような状態になるのか」

「最初から最後までご説明したら、三日くらいかかってしまいそうです」

「だったら、言わなくていい」

馬車は貴族の住宅街のほうへと進んでいく。

そして、青い屋根のお屋敷の前で停まった。

「あの、ここはどこですの？」

「母方の祖母の家だ」

訳もわからぬまま、私は馬車を下ろされる。

「え？　あの、こちらはいったい？」

「祖母はかつて、王妃殿下の針子だった」

それだけ宣言すると、屋敷のほうへ歩いていく。

クラウスの訪問を、使用人達は恭しく歓迎した。

客間でしばし待っていると、扉が勢いよく開かれる。

「よく来てくれたわ‼」

白髪《しらが》頭の上品なご夫人が、満面の笑みを浮かべてやってきた。

「いったい何の用事で――あら？　こちらのお嬢様は？」

「彼女はエル」

なんともシンプルな紹介である。

お互いに名乗っていないので、これ以上言いようがないのだろう。

「エル、彼女はコルヴィッツ侯爵夫人、ロスヴィータ・フォン・ポーヴェシェンだ」

「は、はあ」

コルヴィッツ侯爵夫人は私とクラウスを交互に見つつ、ワクワクした様子を見せていた。

孫の訪問が嬉しいのだろう。

「今日はお祖母《ばあ》様に頼みがあって、やってきました」

「まあ、まあ、まあ、大事件だわ！　あなたが私に頼み事だなんて。なんでも言ってちょうだいな」

クラウスは私が持っていたドレスを手に取ると、コルヴィッツ侯爵夫人の前に差し出した。

「このドレスを、社交界デビューのパーティーまでに着られるよう、仕立て直してほしい」

「え⁉」

まさかの提案に、驚いてしまう。

このドレスは十日でどうこうできる物ではないのに。

「なっ、ラウ様、どうして？」

「言っただろう。借りができたと。それを返すだけだ」

まだ、お祖母様が受けるかわからないが、という言葉が続く。

「ラウ様？　あなた、この娘に自分のこと、ラウ様って呼ばせているの⁉」

そう指摘されるや否や、クラウスは耳の端っこを少しだけ赤くさせる。

彼にも恥ずかしいという感情があったのだな、とまじまじと観察してしまった。

コルヴィッツ侯爵夫人は微笑ましいと思っているのだろうな、という表情で私達を見つめていた。

なんだか彼との関係を、勘違いされているような気がする。

「ラウ様の頼みならば、お断りなんてできないわね。お預かりするわ」

「お祖母様、その呼び方はちょっと」

「いいじゃない。あなたの幼少期の愛称なんて、久しぶりに聞いたわ」

やはり、ラウというのはクラウスの愛称だったようだ。

偽名でも名乗ればよかったのに、素直に名前の一部を教えてくれるなんて、なんとも律儀な男性《ひと》であった。

クラウスにとってコルヴィッツ侯爵夫人は口では勝てない相手なのだろう。それ以上抵抗せずに、深々と頭を下げる。

「では、彼女とそのドレスを、頼みます」

「ええ、任せてちょうだい」

クラウスは立ち上がり、私を残して去ろうとする。

「ラウ様、お待ちになって！」

追いかけようとしたら、コルヴィッツ侯爵夫人に捕まってしまった。

「あなたはこっちよ。いらっしゃい」

あっという間に侍女に囲まれ、別の部屋へと連行されてしまった。

コルヴィッツ侯爵夫人の指示で採寸され、爪や髪の状態まで確認される。

「たった十日間で、きれいになるかしら？」

「あ、あの――」

「安心なさって。ドレスの話ではなく、あなた自身の話ですから」

「わ、わたくし⁉」

コルヴィッツ侯爵夫人はぐっと接近し、満面の笑みで教えてくれる。

「あなた、肌も髪も、爪も、何もかもボロボロよ。そんな状態で舞踏会になんか行ったら、笑われてしまうわ」

そんなのわかっている。けれども、貴族の令嬢達が美しいのは、日々の努力の賜物《たまもの》だ。これから何かしても、きれいになれるわけがないのだ。

「これから十日間で、あなたをきれいにするわ」

「で、でも――」

「ご実家のほうには、連絡しておくから。よろしかったら、家名を教えていただける？」

「いえ、その……」

私がシルト大公家の娘だと知ったら、コルヴィッツ侯爵夫人は屋敷から追い出すかもしれない。

けれど、それでいい。ドレスを仕立て直してもらうだけでなく、私まできれいにするなんて、過ぎた話なのだ。

覚悟を決めた私は胸に手を当て、会釈しながら名乗った。

「わたくしはシルト大公の娘、エルーシア・フォン・リンデンベルクと申します」

「まあ！　なんてこと！」

奥歯を噛みしめ、最悪の状況に備える。

しかしながら、コルヴィッツ侯爵夫人は想定外の反応を示した。

「シルト大公の娘と、シュヴェールト大公の甥がロマンスを奏でていたなんて、すてきだわ!!」

「は、はい？」

いったい、何を奏でていたとおっしゃった？

コルヴィッツ侯爵夫人は私の手を両手で握り、キラキラした瞳で話しかけてくる。

「ふたりの関係が上手くいくよう、精一杯お手伝いさせてくださいな」

「えっと、その……」

どうしてこうなったのかと、心の中で頭を抱え込んでしまった。

◇◇◇

それからというもの、コルヴィッツ侯爵夫人の仕事は早かった。

私がミミ医院で働いているというと、慈善活動を頑張っているのだと解釈し、イェンシュ先生に私をしばし預かるという内容の手紙を書いてくれた。

「イェンシュ先生の若い頃は、それはそれはかっこよくて……！」

なぜか私は侍女達にきれいに磨かれ、ドレスの修繕を手伝い、コルヴィッツ侯爵夫人とお茶を飲むという毎日を過ごしていた。

「それはそうと、侍女からあなたの背中に酷い傷痕があるって聞いていたの。いったいどうしたの？」

「そ、それは――」

我が家の事情について、打ち明けなければならない。

コルヴィッツ侯爵夫人が聞いたら、不快な気分にさせてしまうだろう。

「エルーシアさん、隠さずに、おっしゃって」

まっすぐな瞳に見つめられる。

私はこの御方に、隠し事なんてできない。私はコルヴィッツ侯爵夫人にすべてを話した。

母が亡くなり、父が後妻を迎えたこと。継母と継子は私をいじめたこと。さらに、行儀見習いと称し、下働きを命じられたこと。

それから母の遺品を奪われ、継子のドレスを盗んだと糾弾され、鞭打ちにされたことなど、酷いとしか言いようがない仕打ちを話す。

悲劇もびっくりな仕打ちの数々なので、信じられないかもしれないと思っていたが――。

「エルーシアさん、あなた、よく耐えたわ。偉い……。本当に偉いわ」

そう言って、コルヴィッツ侯爵夫人は涙を流しながら私を抱きしめてくれた。

彼女につられて、私も感情を高ぶらせる。

涙なんて母を亡くしたときに枯れ果てていたのだと思い込んでいた。けれどもそんなことはなく、コルヴィッツ侯爵夫人の愛に触れて、涙してしまったようだ。

思いっきり泣いて、スッキリしたような気がした。

◇◇◇

私はコルヴィッツ侯爵夫人が修繕してくれたドレスをまとい、社交界デビューのパーティーに参加していた。

華やかな大広間の雰囲気を楽しみ、着飾った姿は美しいと賞賛され、何人もの男性にダンスを申し込まれる。夢のようなひとときを過ごした。

永遠にこの時間が続けばいいのに……と思っているところに、ウベルとジルケを発見する。

何やらふたりは揉《も》めているようだった。

「お前がそのように世間知らずで愚かだったとは思わなかった!!」

「それはこっちの台詞《せりふ》だよ!!」

皆、彼らを遠巻きにし、非難めいた視線を送っている。

ふたりの関係者とは思われたくないので、大広間から去ろうとした。

その瞬間に腕を摑まれる。

誰かと顔を上げたら、クラウスだった。

「逃げるな。現実から目を逸らすんじゃない」

あの恥ずかしいふたり組を家族と認め、仲裁しないといけないのか。

ある日突然やってきて、私から何もかも奪っていった人達のことを。

うんざりしていると、ウベルが想像もしなかったことを口にした。

「もうたくさんだ!! ジルケ、お前との婚約を破棄する!!」

国王夫妻もいる場で、ウベルは堂々と婚約破棄をしたではないか。

それに対し、ジルケも負けていなかった。

「ああ、ああ。いいよ、あんたなんか、こっちが捨ててやる。あたしはこれから、素敵な王子様を探すんだから!」

そう宣言し、ジルケは去っていった。

なんてことだ。せっかく、ふたりが婚約するように仕向けたというのに。

ここで、クラウスが私の背中を押す。

空足を踏むように、ウベルの目の前に行ってしまった。

しまった! と思ったときにはもう遅い。ウベルとばっちり目が合ってしまう。

「ああ、エルーシア!」

「な、なんですの？」

「やはり、君しかいない」

「なっ⁉」

ウベルは私の手を握り、強引に引き寄せる。

それだけではなく、ありえないことを口にした。

「俺は、エルーシアと結婚します‼」

私の「なんですって⁉」という言葉は、周囲の拍手にかき消されてしまった。

クラウスに助けを求めようと手を伸ばしても、すでに彼の姿はなかった。

ウベルを振り払って逃げたいのに、摑まれた手は鬱血《うっけつ》するほど強く握られている。

「わたくしは、嫌！　ウベルとなんか、結婚したくありませんの！」

誰ひとりとして、私の話なんて聞いていなかった。

どうして……どうして……私はいつもこうなの？

不幸ばかり、降りかかってくる。

「どうして――はっ⁉」

慌てて起き上がり、周囲を確認する。

水晶でできたきらびやかなシャンデリアはないし、華美なドレス姿でもない。

どうやら、夢だったようだ。

はーーーー、とこの世の深淵《しんえん》に届くのではないか、と思うくらいの深く長いため息がでてしまう。

この嫌な感じは、確実に予知夢なのだろう。

ウベルとジルケが婚約破棄してしまうなんて。それだけだったらまだいい。ウベルは新たに私と結婚すると宣言していた。

それだけは絶対に、何があっても嫌なのに……。

社交界デビューのパーティーになんて行きたくない。

けれども王妃殿下から呼び出されているし、コルヴィッツ侯爵夫人がドレスを修繕してくれている。

逃げられるような状況ではないのだ。

今回の予知夢でみた未来だけは、どれだけ血を吐いても、具合を悪くしても、変えないといけない。

そのために、これまで頑張ってきたのだから。

◇◇◇

それからというもの、私はコルヴィッツ侯爵夫人と共に大急ぎでドレスを直していった。

このボロボロになった挙げ句、血まみれになったドレスをどうするのか、疑問でしかなかった。

しかしながら、ドレスに染みついていた血や車輪の跡は抜かれ、裂かれたスカートは丁寧に縫い合わされており、装飾をちぎった痕跡はわからなくなっていた。

ただ、元通りになっても、これは古着屋で購入した数年前のドレスである。流行遅れもいいところだった。

それを、コルヴィッツ侯爵夫人は私の体の寸法に仕立て直し、新たな装飾を加えた。

ドレスには幾重にも繊細なレースが重ねられる。精緻《せいち》な模様を眺めていると、ほうと熱いため息が零れた。

このレースだけでも、大変高価な物だろう。

「コルヴィッツ侯爵夫人、こちらは最高級のレースのように思えるのですが、その、大丈夫なのでしょうか？」

後日、レース代を請求されてしまったら、私が一生働いても返せないくらいの金額になるだろう。

職人がひとつひとつ丁寧に作るレースは、宝石よりも価値のある物だと言われている。

このレースは、まさに宝石に勝る物だとわかっていた。

「あら、エルーシアさん、お目が高いのね。ご名答よ」

コルヴィッツ侯爵夫人が木箱に大事に収めてあったレースの数々だけで、おそらくお屋敷が建ってしまうのだろう。それを次々とドレスに当てていくので、ゾッとしてしまった。

「安心なさって。このレースは私が手慰みに作った品ばかりだから」

「コルヴィッツ侯爵夫人が、こちらを!?」

「ええ」

手編みの物から、ニードル、ボビンを使った物と、種類は多岐にわたる。

コルヴィッツ侯爵夫人は六十歳まで王妃殿下の専属針子をしていて、引退してからは暇を持て余していたらしい。

一時期、レースを作るのに熱中していた期間があったようで、用途が特にないレースが山のようにあるのだという。

「いつか、孫の嫁のドレスにでも使ってあげようかしら、って思っていたのよ」

「でも、わたくしは、ラウ様とそういった関係ではございません」

取り付く島もなく、ばっさりとお断りされてしまった。

食い下がってなんとかなる相手でないことは、よくよくわかっている。

コルヴィッツ侯爵夫人は私の手を握り、優しく諭すように言葉を返す。

「あの子、ぜんぜん結婚する気配がないから、お気になさらず」

いくら歴史ある家門の生まれでも、長男でなければ財産や爵位などは継承されない。

そういった者達は自分で身を立てないといけないのだ。

生涯独身でいる人も少なくない。予知夢でみたクラウスも、結婚していなかった。

「あなたは、あの子がしていることはご存じ?」

「ええ、その、少しだけ」

「あんな若い子をこきつかうなんて、酷いでしょう？　とてつもなく優秀だから、陛下に盗《と》られてしまったのよ」

鉄騎隊の仕事は危険で、任務中に命を落とす者もいるという。コルヴィッツ侯爵夫人は王妃殿下に泣きつき、どうか役目から解放してくれないかと懇願したらしい。

「でも、ダメだった。すでに、あの子は代わりがいないくらいの働きをしていたの」

会うたびに、クラウスの感情はそぎ落とされていったという。

無機質に、無感動に、人間らしさから遠ざかっていたようだ。

鉄騎隊には十五歳のころから所属しているらしい。

まだ、成人していない頃から、立派に務めを果たしていたなんて。

いったい彼はどんな任務を抱え、孤独に遂行してきたのか。想像もできない。

感情をなくさないと、乗り越えられないようなことだったのだろう。

「ここ数年の様子は、陛下の剣か何かみたいだった。どれだけ熱を持って触れても、絶対に曲がらないの。それだけじゃなく、酷く冷たくなってしまって……。だから、あなたとやってきた日のあの子を見てとっても安心したの。年頃らしい、初心《うぶ》なところがあって——久しぶりに温《ぬく》もりを感じたわ」

コルヴィッツ侯爵夫人は私を抱きしめ、耳元で「ありがとう」と囁く。その声は震えていた。

お礼を言わなければいけないのは、私のほうなのに。

コルヴィッツ侯爵夫人の温もりに触れ、私までも泣きそうになってしまう。

「これからも、あの子のこと、よろしくね」

「ええ、もちろんです」

クラウス——唯一、私を救いに導いてくれる男性。

いつか一度でいいから、私も彼に救いの手を差し伸べることができたらいいなと思ってしまった。

社交界デビューのパーティーを翌日に控えた晩、クラウスがやってきた——というより、コルヴィッツ侯爵夫人に強制的に呼び出されたらしい。

「酷いわよねえ。こーんな愛らしい娘さんを預けて、一回も訪問しないなんて」

「寄宿学校は簡単に外出許可が下りないのです」

クラウスは淡々とした様子で言い返す。

「あら、陛下からの呼び出しがあったら、授業中でも飛び出していくのに」

「お祖母様、どうしてそれを知っているのですか？」

「王妃殿下からお聞きしたのよ」

クラウスが寄宿学校に通っている理由は、昨日コルヴィッツ侯爵夫人から聞いた。

なんでも最初は校内に蔓延《はびこ》る不正入学について調査するためだったらしい。

貴族の子息が大勢通う寄宿学校は、国内でも選ばれた一部の優秀な者しか入学できない。それなのに、試験の点数を誤魔化《ごまか》し、裏口入学をする者達がここ数年、あとを絶たなかったのだという。

国王陛下がクラウスに命じ、学校の内側から調査するように命じたようだ。

見事、首席で合格した彼は、事件が解決しても通い続けているという。寄宿学校の生徒であるというのは、鉄騎隊の一員であることを隠すいい環境なのだとか。

「でも、こうして来てくれたのだから、許してあげるわ」

コルヴィッツ侯爵夫人に可愛らしく微笑まれても、無表情でいるのはクラウスくらいだろう。

「そうそう！　明日、この子にあなたのエスコートをしてもらおうと思っていて！」

「お祖母様、その件に関してはまだ了承していません」

「いいじゃないの。舞踏会には参加するつもりだったのでしょう？」

「そうでしたが――」

以前私からの求婚を断ったときのように、きっぱり断るわけではなかった。

その瞳からは、少しだけ戸惑いのようなものも感じる。

単純に、クラウスが嫌だからというわけではないようだ。

「こーんなに可愛い娘と舞踏会に参加できるなんて、あなたは世界一の幸せ者なのよ。年寄りの最後の願いだと思って、叶えてちょうだいな」

ここまで言われてしまったら、さすがのクラウスであっても拒否できないのだろう。

「それじゃあ、あとは若いふたりで！」

そう言って、コルヴィッツ侯爵夫人は部屋から去ってしまう。

年若い男女は婚約関係であっても、ふたりきりになってはいけないのに。

いったいどういうつもりで、私とクラウスを残していったのか……。

クラウスは私とふたりっきりになったことなど欠片も気にする様子はなかった。

このまま静かで気まずい時間を過ごすものだと思っていたのに、彼のほうから話しかけてくる。

「ドレスはどうなった？」

「完璧に修繕されました。その、この度は、お心遣いをしてくださり、深く感謝しております」

ジルケとウベルが婚約破棄する予知夢をみていなければ、クラウスを救世主のように称《たた》えていただろう。

今は複雑な気持ちが沸き上がるばかりである。

「あまり嬉しそうではないな」

「酷く緊張しているのです」

できるならば今すぐに、クラウスと結婚したい。ウベルが婚約破棄し、私に結婚を申し込んでも断れるような関係を築きたかった。

しかしながら、相手はクラウスである。

コルヴィッツ侯爵夫人から剣のように曲がらないと言われていた男だ。

私がどれだけ惨めで、酷い目に遭っていると訴えても心変わりなんてしないし、同情すらしないだろう。

なんて考え事をしていたら、クラウスから想定外の質問を受ける。

「以前、お前は私に結婚を申し込んだが、どういうつもりだったんだ？」

「なぜ、疑問に思いましたの？」

「この姿を見たらわかるだろうが」

この姿、というのは赤い瞳に黒い髪を持っているということだろうか。

「悪魔みたいだろう？」

「それは、まあ、そうですわね」

私が正直に答えたので、クラウスは目を丸くする。自分から聞いておいて、その反応はどうなのか。

結婚を申し込むくらいだから、「気になりません！」と返すとでも思っていたのか。

よくわからない。

「シュヴェールト大公家出身といっても、財産や爵位を継承するわけでもないし、仕事は危険なものばかりだ。そんな男に結婚を申し込むなど、考えられない」

「わたくしもそう思います」

「お前はどうして――」

「夢を、みましたの」

こういう疑い深い相手には、適当に話をはぐらかさないほうがいい。真実を伝えたほうが、心に響くだろう。

かと言って、予知夢をみるなんて突拍子もない話をすべて打ち明けるつもりはなかった。

「夢の中のわたくしはとても辛い状況にあり、どうにかしてほしかった。そこに、敵対関係にあったあなたが登場して、救ってくださったのです」

「救いが、結婚だったというのか？」

「いいえ、〝死〟でした」

あのまま拘束され連行されていたら、罪人として辱められていただろう。あの場で死を迎えるというのが、夢の中を生きていた私にとって唯一の救いだったのだ。

「夢の中で自分を殺した相手に近付くなど、正気の沙汰とは思えないのだが」

「同感ですわ。でも、夢の中のわたくしとは違って、今のわたくしは生きたいと思っているのです」

「敵対関係でなく、味方であれば、殺されないのでは、という判断なのか？」

「ええ、まさに！」

私の言葉に、クラウスは深い深いため息を返した。

「お前のことは、すでに調べが付いている。〝シルト大公の娘、エルーシア・フォン・リンデンベルク〟……」

「ええ」

機密情報を扱う鉄騎隊の一員であるクラウスが、私の正体に気付かないわけがないのだ。

「当然、お前も私が誰なのか、知っているのだろう？」

「もちろんですわ、〝クラウス様〟」

真っ赤な瞳に鋭く見つめられ、額にじわりと汗が浮かんでくるのを感じる。

蛇に睨まれた蛙の気分を、これでもかと味わった。

「私はシュヴェールト大公の甥だ。お前を守ってやる力なんてない」

「そうだとしても、わたくしにはあなたしかいないと思っているのです」

蛇になったつもりで、クラウスを見つめる。すると、彼は竜の睨みを返してきたような気がした。

敵は強大すぎるわけだ。

「鉄騎隊の者達は、恨みを買いやすい。伴侶を得たら、命を狙われる場合もあるし、その存在が弱みにもなる」

それが、クラウスが妻帯していなかった最大の理由なのだろう。

国王陛下の剣となるために、国家に命を捧《ささ》げていたのだ。

「わたくしは、あなたのお役に立てると思うのです」

「具体的には、どうやって？」

覚悟を決め、予知夢についてクラウスに打ち明けた。

「不穏な未来を、ささやかではあるのですが、感じることができます」

「不穏な未来、だと？」

「たとえば賭博場で、わたくしがあなたの腕を引いた瞬間を覚えているでしょうか？」

「たしかに、あったな」

「あのとき、あなたが腹部を刺される様子が、〝みえた〟のです」

クラウスは眉間に皺《しわ》を寄せ、腕を組む。理解しがたい、という表情だが、実際に彼を助けた実績があるのだ。そのため、信じなければならないのかと考え込んでいるのだろう。

「もちろん、すべての危機を回避できるわけではありません。とても、ぼんやりとした、頼りない能力なのです」

「なるほど」

「生きている限り、人との関係は避けて通れません。そんな世界で、ほんの少しだけ不思議な能力がある妻が、ひとりかふたり、それ以上にいるのは、決しておかしなことではないと思うのですが」

「なぜ、そんな妻がお前の他に何人もいるんだ」

「申し訳ありません、勢いでつい」

クラウスは立ち上がり、踵を返す。

背中を向けながら、「すぐに決められることではない」と言い、部屋から去っていった。

ついに、デビュタント・ボール当日を迎えてしまった。

気が重かったが、朝から侍女達が押しかけてきて、否《いや》が応でも準備せざるを得なかった。

お風呂で全身を洗われ、顔と髪のパックを行い、爪が磨かれる。

髪は乾かされ、丁寧に梳《くしけず》られた。

よく眠れていなかったからか、顔が浮腫《むく》んでいると言われてしまう。急遽《きゅうきょ》施術師が呼ばれ、顔の血行を解《ほぐ》してもらった。

鏡に映った私は、母が亡くなる前のシルト大公の娘、といったところであった。

十日間でよく、ここまで取り返すことができたものだ、と信じがたい気持ちになる。

コルヴィッツ侯爵夫人が呼び寄せた侍女軍団はあまりにも優秀過ぎた。

お昼にしばし休憩となる。食欲がないと訴えたら、オートミール粥《がゆ》を用意してくれた。

それすらも、少ししか食べられなかったが、何も口にしないよりはいいだろう。

午後からはドレスに着替える。

コルヴィッツ侯爵夫人が夜中まで仕上げをしていたというドレスは、素晴らしい出来だった。もとのドレスは私より一回り大きかったが寸法を合わせ、体のラインが強調される今風の形に様変わりしている。

静かな湖畔に白鳥が泳ぐような優美なドレープが追加され、裾や襟ぐりにはレースが惜しみなく使われている。

本当に美しいドレスだ。十日前の見るも無惨なドレスとは思えない。

これに、母の形見であるエメラルドの首飾りを合わせようと、先日質屋から引き取ってきた。

ティアラはパールでできたものを質屋から借りてきたのだが、部屋に入ってきたコルヴィッツ侯爵夫人が手にしていたのはエメラルドのティアラと耳飾りである。

「あなたの首飾りと相性がいいと思って、これを貸して差し上げるわ」

「そんな、高価なお品をお借りするわけにはいきません」

「いいのよ。どうせ、二十年も宝石箱で眠っていた物なのだから。今風ではないけれど、使ってくれたら嬉しいわ」

「コルヴィッツ侯爵夫人……どうしてここまでよくしてくださるのですか？　わたくしには、何も返す物がないというのに」

コルヴィッツ侯爵夫人はにっこり微笑みながら、ティアラを頭の上に載せてくれる。

私にふさわしくないからか、重たく感じてしまった。

「あなたがやってきてからの数日間、とっても楽しかったの。屋敷も明るくなって、春が訪れたようだったわ。そのお礼、かしら？」

「お礼、ですか？」

「ええそう。だから、何も返さなくてもいいのよ。なんだったら、そのティアラをあげたいくらい」

私が慌てふためく様子が面白かったのか、コルヴィッツ侯爵夫人は声をあげて笑い始める。

「ふふ、愉快だわ。あなたみたいな女性が、クラウスと結婚してくれたらいいのに。そうしたら、あの子だって、毎日楽しいはずよ」

「そう、でしょうか?」

「そうに決まっているわ。だって、長年楽しみがなかった私が、こんなにも楽しい気持ちになっているんですもの」

もしも本当に結婚したいのであれば、全力で力を貸す、なんて甘い言葉をコルヴィッツ侯爵夫人は耳元で囁く。

勝手に外堀を埋めてしまうのは、クラウスが気の毒だと思ってしまうのだが。

「ラウ様は、妻を娶《めと》ったら、自分自身の弱みになるとおっしゃっていました」

「あら、それは違うわ。大切な人ができたら、これまで以上に強くなれるのよ。一方だけではなく、お互いにね。あの子もあなたも、それを知らないだけ」

コルヴィッツ侯爵夫人はきっぱりと言い切る。

それで私の中にあったモヤモヤが晴れたような、清々しい気持ちになった。

「エルーシアさんは、クラウスがお嫌い?」

「……いいえ」

少し威圧感はあるものの、公明正大《こうめいせいだい》で、どこまでもまっすぐで、ぶれない。そんなクラウスを悪く思うはずはない。

彼に助けを求めるあまり、恋い焦がれるような感情があったことも確かだ。

「嫌いでないのならば、あの子の傍にずっとずっといてほしいわ。このままだったら、きっと壊れてしまうだろうから」

壊れる、というのはどういう意味なのか。

コルヴィッツ侯爵夫人は私がよく理解していないのを察し、話を続ける。

「いくら強い剣でも、ずっと振い続けていたら、なまくらになるの。定期的に研ぎ直さなければいけないのよ。なまくらのまま無理して振い続けたら、いつか剣は使い物にならなくなるわ」

「あ――」

それはクラウスの精神的な話に違いない。誰かが傍にいて、支えてあげなければ、早い段階で限界が訪れる、と言いたいのだろう。

たしかに、夢の中でみた未来のクラウスは、今とは比べものにならない迫力があった。

それは絵画で見かけた、手負いの狼《おおかみ》に似ているのかもしれない。追い詰められた獣は獰猛《どうもう》で、執拗《しつよう》に牙を剝く。そんな状態が、何年も続けられるわけがないのだ。

「またとない機会だと思って、あの子を呼び寄せたわ。だから、お願い――」

コルヴィッツ侯爵夫人が私に手を差し伸べた瞬間、部屋に執事がやってくる。

慌てた様子だったが、いったい何事なのか。

「そんなに慌てて、どうかなさったの？」

「あの、たった今、王城より早打ちの馬がやってまいりまして。クラウス様が国王陛下に呼び出されました」

それは、鉄騎隊の新たな任務を命じるものだった。

つまり、クラウスは私とパーティーに参加できない、ということになる。

「まあ！　なんてことなの！　エルーシアさんとの約束を破って、国王陛下の呼び出しに応えるなんて！」

コルヴィッツ侯爵夫人は頭を抱え、ヒステリックに叫ぶ。

クラウスは私と仕事、どちらが大事かと言われたら、迷うことなく仕事だと答えるようなタイプだろう。

だから、鉄騎隊の任務を命じられたと聞いても、「そうなんだ」としか思わなかった。

「エルーシアさんをひとりでデビュタント・ボールという名の魔窟に行かせるなんて酷いわ!!」

「あの、コルヴィッツ侯爵夫人、わたくしは大丈夫です」

「大丈夫なわけないでしょう！」

手を伸ばし、エメラルドのティアラと耳飾りに触れる。

「わたくしには、このティアラと耳飾りがありますので、ひとりではありません」

「エルーシアさん……！」

これまで重たく感じていたティアラや耳飾りが、どうしてか私を勇気づけてくれる。

頑張れと奮い立たせてくれるように思えてならないのだ。

「ラウ様がいらっしゃらなくても、わたくしは堂々と参加する所存です」

コルヴィッツ侯爵夫人はうるうるとした瞳で頷く。納得してくれたようで、ホッと胸をなで下ろした。自信を大げさな態度で示してしまったので、何がなんでもデビュタント・ボールを乗り切らないといけない。

予知夢でみたウベルとジルケの婚約破棄が気がかりではあるが……。

付き添い人を務めてくれるコルヴィッツ侯爵夫人の侍女には、ハンカチを多めに持ち歩いてもらおう。どれだけ血を吐くか、わからないから。

コルヴィッツ侯爵夫人に見送られながら、私は王宮を目指す。

ここ数ヶ月気がかりだった一大イベントの幕開けであった。

◇◇◇

王宮の周辺には、すでに着飾った男女が列を成して歩いていた。

馬車の行き来は制限され、ほとんどの貴族が敷地内に入る前に降りないといけないらしい。

コルヴィッツ侯爵家の馬車は王宮の前まで行くことを許されているようだ。

途中で、ウベルとジルケの姿を発見し、ギョッとする。

すでにふたりの雰囲気は険悪で、何かぎゃあぎゃあと言い合いをしているようだった。

彼らを見ていると予知夢通りの未来が待っているのだと示唆されているようで、胸が苦しくなってしまう。窓にかかったカーテンを閉め、気付かなかったことにした。

馬車は出入り口で停まらず、王宮の裏に回る。貴族の中でも一部の貴賓は、人の少ない場所から入

るよう案内されるようだ。

こちら側から名乗らずとも、衛兵の騎士は会釈し、中へ入るよう手で示してくれた。

途中、王妃殿下の侍女が迎えにきてくれる。なんでも、パーティーが始まる前に私と話したいらしい。

「どうぞこちらへ」

緊張の面持ちで、侍女のあとに続く。

案内された貴賓室で、王妃殿下が私を待っていた。

すっと立ち上がった王妃殿下は、百合《ゆり》の花のように凜《りん》としていて、美しい御方だった。

「あなたがシルト大公の娘ですのね」

「お初にお目に掛かります。シルト大公の娘、エルーシア・フォン・リンデンベルクと申します」

「堅苦しい挨拶は不要です。どうぞこちらへ」

背中に長い棒でも差し込まれているのではないか、と思うくらい背筋をピンと張り、王妃殿下のもとへ向かう。

長椅子を勧められ、そっと着席した。

私が緊張する様子が滑稽だったのか。王妃殿下は開いた扇を口元に当てて、くすくす笑い始めた。

「ああ、ごめんなさい。さっき、クラウスが陛下に意見していたのですが――あなたとパーティーに参加するつもりが、任務を命じられたから反故《ほご》にしてしまったと、拗《す》ねたような態度を見せるものですから、思い出してしまい……！」

「はあ、クラウス様が」

国王陛下の前で私情を口にするなんて、彼らしくない。

コルヴィッツ侯爵夫人から私と一緒に参加するようにと強く言われていたので、彼の中で心残りになってしまったのかもしれない。

「夜中に呼び出しても、学校の試験中でも、一度も物申すことがなかったものですから、エルーシア嬢を大切に思っているのだろうと、陛下とお話ししていたところでしたの」

その様子は、愛しい親戚の子を愛《め》でるようなものであった。

「ああ、ごめんなさい。あなたには、別の用件があって呼び出したというのに」

「いいえ、お気になさらず」

王妃殿下は月明かりのような静かな微笑みを浮かべ、侍女に合図を出す。

テーブルの上に置かれたのは、精緻な花模様が刻まれた木箱であった。

王妃殿下が蓋を開き、手に取る。それは星型の記章《バッジ》であった。通常、戦場などで武勲を立てた者に贈られる〝星章〟である。

「こちらは、あなたの勇気に対する、王家からの褒美です」

「わたくしが、星章を?」

「ええ」

伝染病の流行のさい、診療所を開いたことが評価されたらしい。

女性に授与されるのは、長い歴史の中でも初めてだという。

「あなたのおかげで、多くの命が救われました。心から感謝します」

王妃殿下から手招きされたので、傍に行って片膝をつく。王妃殿下が直々に、胸元へ星章を着けてくれた。

「この度は、ご苦労様でした」

「ありがたく存じます」

この星に恥じない生き方をしなければ、と心から思った。

パーティーがそろそろ始まるというので、王妃殿下の部屋を辞する。

それにしても驚いた。星章を賜るなんて。

当初はこんな大きな事件の渦中にいたのだと、気付いていなかったのだが。

廊下を歩いている中、心臓がバクバクと鼓動していた。気持ちを入れかえないといけない。星章が贈られたからといって、フワフワしている場合ではなかった。

まっすぐ進んだ先が、大広間となっている。すでに多くの男女が集まり、会話に耽《ふけ》っていた。

出入り口に立っている侍従に、侍女が耳打ちをした。すると、名乗りあげてくれる。

「シルト大公家のご令嬢、エルーシア・フォン・リンデンベルク様のおなり！」

そんな大々的に言わないでほしいと思ったものの、これは社交界デビューの通過儀礼だ。

どうかウベルとジルケが私に気づきませんように、と神に祈った。

すでに、社交界デビューをした貴族の娘達が、国王陛下と王妃殿下へ拝謁するために列を作っていた。中でも、先頭に並ぶのは王族の親戚や、歴史ある門閥《もんばつ》貴族の娘達である。

格の違いが、ひと目でわかるようになっているのだ。

私のもとに、ひとりの男性がやってくる。侍女が彼は王室長官だと耳打ちしてくれた。

「シルト大公家のご令嬢、エルーシア様、どうぞこちらへ」

「ええ」

私も一応、大公の娘だ。比較的前のほうに案内されるのだろう。

先に並んでいた貴族の娘達の視線が、グサグサと突き刺さる。

可能であるならば、目立ちたくなかったのに。

王室長官が案内したのは、あろうことか列の先頭であった。

「あ、あの、わたくしは、もっと後ろのほうでよいのですが」

「いいえ。我が国を支える盾の一族、シルト大公家のご令嬢であり、星章を賜った御方であるエルーシア様以上に、先頭に立つのにふさわしい者はおりません」

あまりにも気まずい場所に、私は立たされてしまった。

背中にはすでに針のような視線が突き刺さっていた。針山のような気分を味わう。

一刻も早く帰りたい――なんて思っているところに、国王陛下と王妃殿下がやってきた。

皆、揃《そろ》って膝を深く折り、会釈する。

国王陛下と王妃殿下は、出入り口付近で迎えた者達に優しい笑顔を向けていた。

用意された玉座にくるまで、しばらく時間がかかるだろう。それまでに、腹を括《くく》らないといけない。

息を整えていると、強い力で腕を引かれる。

「あんた、こんなところで何をしているんだ！」

ジルケが私に迫り、ギョッとする。国王陛下と王妃殿下に注目していたので、周囲の状況に目を向けていなかったのだ。

「あたしは王様と王妃様に挨拶できないって言われたのに、どうしてあんたが先頭にいるんだよ!!」

「ジルケ、お願いですから、この場で大きな声は出さないでくださいませ」

ただでさえ、私は注目の的だというのに。彼女が傍で騒ぐので、悪目立ちしてしまう。

「あたしがシルト大公の娘なんだ。そこはあんたの居場所じゃない!!」

ジルケは摑んでいた私の腕を力いっぱい引っ張る。すると、踵の高い靴を履いていた私はバランスを崩し、その場に倒れてしまった。

「きゃあ！」

ジルケは私が立っていた位置に、堂々と立っている。

父の本当の娘でない彼女は、拝謁の権利なんて持っていないのに。

立ち上がった瞬間、背後より叫びが聞こえた。

「ジルケ、何をしているんだ!!」

やってきたのはウベルであった。彼はあろうことか、ジルケの頬を叩いたのである。

「な、何をするんだ！」

「それはこっちの台詞だ！　今、自分がどれだけ愚かな行為を働いたのか、わかっているのか!?」

「知ったこっちゃないよ！　あたしは、これから王様と王妃様に挨拶をするんだ！」

「その権利はないと、王室長官から言われたばかりだろうが！」

衛兵が集まり、ジルケは取り押さえられる。どうやら、私を突き飛ばしたのと同時に、駆けつけていたようだ。

ジルケに向かって、ウベルは非難めいた言葉をぶつける。

「お前がそのように世間知らずで愚かだったとは思わなかった!!」

「それはこっちの台詞だよ!!」

そのやりとりを聞いた瞬間、胸がどくんと跳ねる。彼らのやりとりは夢でみたものと、まったく同じだったから。

ここから逃げなければ、と思っていたのに、足が強《こわ》ばって動かない。

どうして――？

今にも泣き出したくなったが、全身が銅像のように固まってしまった。

「もうたくさんだ!! ジルケ、お前との婚約を破棄する!!」

ついに、婚約破棄をしてしまった。

夢でみたことが、現実となってしまったのだ。

「ああ、ああ。いいよ、あんたなんか、こっちが捨ててやる。あたしはこれから、素敵な王子様を探すんだから！」

ジルケは衛兵に連れ去られながら、ウベルに向かって叫ぶ。

夢とは状況が異なるものの、言葉はまったく同じだった。

そして――ウベルは突然私に向かって手を差し伸べる。

「ああ、エルーシア！　やはり、君しかいない。俺は、エルーシアと結婚します‼」

言ってしまった。もっとも恐れていた言葉を。

視界がぐにゃりと歪《ゆが》み、今にも倒れてしまいそうになる。

一刻も早く、運命を変えないといけないのに。

「さあ、エルーシア。こちらへ」

ウベルが私に触れようとする。嫌だ、絶対に触れられたくない。

誰か、誰か助けて――！

「今日という日は俺達の婚約を披露する場に相応《ふさわ》しい！　そうだ。国王陛下と王妃殿下に、結婚のお許しを貰お……」

ウベルの手は、私に触れる寸前で誰かが叩き落とす。

バチン、と大きな音が鳴り響いた。

私は突然現れた第三者によって引き寄せられる。

視界に黒い髪と真っ赤な瞳が映った。

「残念ながら、彼女は私と婚約を結んでいる」

「なっ――⁉」

私の肩を抱くのは、顔が血に濡《ぬ》れたクラウスであった。

全身黒尽くめで、こういう場にやってきていい恰好ではない。

けれどもそんな彼が、私には英雄のように思えた。

周囲から悲鳴が上がり、「悪魔公子だ！」という声が響き渡る。

ウベルは顔を真《ま》っ青《さお》にさせ、クラウスを見上げていた。

「エ、エルーシア、その男と婚約を結んでいるというのは、本当なのか⁉」

私はクラウスの顔を見上げる。すると彼は、こくりと頷いてくれた。

事情はよくわからないが、クラウスは私を助けてくれるのだろう。

ならば、ここで覚悟を口にするしかない。

「わたくしは、クラウス・フォン・リューレ・ディングフェルダー様と、将来を約束しております！」

ウベルは目を見開き、一歩、二歩と後退していく。

「ウベル・フォン・ヒンターマイヤー、用がないのならば、失《う》せろ」

その言葉を聞いたウベルは、回れ右をして駆けていった。

ホッとしたのもつかの間のこと。一連の騒ぎを見ていた国王陛下と王妃殿下は、私が謝罪しようとした瞬間、拍手する。

「長年不仲であった剣の一族、シュヴェールト大公家と、盾の一族、シルト大公家の者達が婚約を結ぶなど、奇跡のようだ」

「ええ。私達も、祝福しないといけませんね」

国王夫妻に続くように、大広間にいた者すべてからの拍手を浴びる。

私がみた夢は、クラウスの登場によってひっくり返ってしまった。

信じられない。まさか彼がここまでしてくれるなんて。

クラウスは恭しく会釈する。顔面が血まみれなのに、所作だけ見ていたら貴公子のようだ。

国王陛下は笑みを浮かべつつ頷きながらも、クラウスを心配する。

「クラウスよ、その血は大丈夫なのか？」

「はい、すべて返り血ですので」

周囲を取り囲む者達は、顔が引きつっていた。それも無理はないだろう。

「しばし、婚約者と部屋でゆっくり過ごすとよい」

クラウスと、揃って会釈を返す。

あろうことか、彼は私の肩を抱いたまま、ずんずんと大広間を闊歩する。

人垣は自然と遠退《とおの》き、出入り口まで繋がる道が開かれた。

私の移動速度に合わせているのか、ずいぶんとゆっくり歩く。そんな配慮ができたのか、と内心意外に思ってしまった。

一部の者にのみ許された出入り口を通り抜けた瞬間、私はクラウスから離れる。

「あの、どうぞ」

胸元に押し詰めていたハンカチを取り出し、クラウスへと差し出す。

「お前、どこにハンカチを入れているんだ」

「仕方ありませんの。ドレスにはポケットがないものですから」

少し生温かいが、直接肌には触れていない。衛生的であると訴える。

クラウスは受け取り、額についていた血を拭う。

ハンカチを返してくれと手を差し伸べたが、彼は胸ポケットに入れてしまった。

「あの、ハンカチ、返してくださいませ！」

今日、手元にあるのはあのハンカチしかない。侍女とははぐれてしまったので、吐血に対応できなくなってしまう。

なんて事情は言えないが、必死になって返すように懇願した。

「血が付着していて汚くないのか？」

「汚いです！」

「だろう？」

「行くぞ」

思わず本音が出てしまったため、ハンカチは返してもらえなかった。

「待ってください。ラウ様は、どうしてわたくしを助けてくださったのですか？」

「礼を言うより先にそれか」

「感謝はしています。けれども、昨晩話したときは、わたくしとの結婚に否定的でしたので」

クラウスは振り返り、私を睨むように見る。あまりにも強い眼差《まなざ》しで、目を逸らしたくなった。

負けてはいけない。二本の足でしっかり立ち、クラウスをじっと見つめる。

彼が私との婚約を決意した理由は、意外なものであった。

「お前が、死を救いだと言うから」

「え？」

「死は救いなんかじゃない」

親の敵を見るような目で私を見ながら、クラウスは言った。

「逃げるな。現実から目を逸らすんじゃない」

どくん、と胸が高鳴る。

その言葉には聞き覚えがあった。状況はまるで異なるものの、予知夢の中で彼が私に言った言葉である。

クラウスの介入で、運命が変わってしまったというのか。

「私と結婚することで、お前が助かるというのであれば、手を貸そうと思っただけだ。それ以上の感情はない」

「ラウ――」

ありがとう、という言葉の代わりに、血を吐いてしまった。

急に目眩に襲われ、立っていられなくなった。

これは、予知夢でみた未来を変えてしまった代償だろう。

「げほっ、げほっ、ううっ……!!」

「おい、大丈夫か!?」

手袋を嵌《は》めた手で口元を押さえ、血がドレスに付かないようにする。

その場に蹲《うずくま》った私を、クラウスが抱き上げてくれた。

以前した荷物のように担ぎ上げるのではなく、お姫様のような横抱きである。

以前とは異なる扱いに、こんな状況だというのに少しだけときめいてしまった。

クラウス相手に、少し悔しい気持ちがこみあげてくる。

「お前、病気なのか!?」

「い、いいえ。これは、先ほどジルケに突き飛ばされたときに、口を切った、のです」

「そんなわけあるか！　苦しい言い訳にしか聞こえない！」

手袋は真っ赤に染まっている。口を切ったというには出血が多すぎた。

近くの部屋に運ばれ、優しく寝かせてくれた。

血まみれの手袋を外し、シーツを口元に当てる。

「げほっ、げほっ――‼」

大丈夫かとクラウスが顔を覗き込む。

そんな彼の手を取り、近付いてきた瞬間、耳元で囁いた。

「ドレスを血で汚したくないので、脱がしていただける？」

「お前は――‼」

コルヴィッツ侯爵夫人が丁寧に血抜きし、修繕してくれたドレスを台無しにしたくなかった。

どうかお願い、と口にしたかったのだが、意識がブツンと途切れてしまった。

◇◇◇

ひんやり、と冷たい手が額に触れる。

「……気持ちいい」

自分の声に驚き、ハッと目覚める。

瞼を開くと、私の顔を覗き込むクラウスと目が合ってしまった。

起き上がろうとしたものの、ぐっと額を押さえ付けられる。

私の額に触れていたのは、クラウスの手だったようだ。

だんだんと意識が鮮明になっていく。

私は華々しい社交界デビューを果たす途中にウベルとジルケの婚約破棄を目撃してしまい、さらにジルケの束縛から逃れたウベルから求婚されてしまったのだ。

絶体絶命の私を助けてくれたのが、クラウスだったというわけである。

彼にお礼を言おうとしたら、吐血し倒れてしまったのだ。

「あの、わたくし、どれくらい眠っていたのですか？」

「丸一日だ」

「えっ⁉」

クラウスが額から手を離した瞬間、のろのろと起き上がる。

ここは王宮の休憩室ではなく、コルヴィッツ侯爵邸だ。

「わたくし、どうしてこちらに？」

「医者の診断を受けたあと、私が連れてきた」

「そ、そうだったのですね」

消え入りそうな声で、ありがとうございますと伝えた。

まさか、そんなに寝込んでいたとは……。

これまでも気を失うように倒れてしまった覚えがあったが、丸一日眠っていたことはなかったはずだ。大きく運命を変えてしまったので、体のダメージも大きかったのだろう。

「信じがたいことに、医者は病気なんかではないと言っていた」

それはそうだろう。私の吐血は、運命を変えたさいの代償だから。

たぶん、寿命か何かを削っているだけに違いない。

「ただ、イェンシュ先生の診断は違った」

「イェンシュ先生がいらっしゃったのですね」

「ああ。お祖母様が呼んだ。意識があるときに詳しく調べないとわからないようだが、これまでのことが精神的な負担となり、胃にダメージを受けた結果、血を吐いたのではないか、と言っていた」

たしかに、イヤコーベとジルケがやってきてからの暮らしは精神的な負担になっていた。血を吐いても不思議ではない。

「もう、お前は実家に帰らなくてもいい」

コルヴィッツ侯爵夫人が私の保護者兼後見人として、名乗り上げてくれたらしい。

書類は国王陛下に提出し、無事、受理されたようだ。

たった一日で、そこまでしてくれていたなんて。話を聞いているうちに、目頭が熱くなる。

「婚約期間中は、余計なことはせずに、大人しくしておけ」

クラウスの婚約に対する言葉に、新鮮な気持ちで驚いてしまう。

「あ、あの、婚約は本当にしていただけるのですか？」

「国王夫妻の前で、虚偽の婚約宣言なんぞするわけがないだろうが」

「し、しかし、ラウ様ならばそれが許される気もするのですが」

「無責任に婚約なんぞするか。そもそも、私と結婚したいと言いだしたのはお前のほうなのに、何を言っているんだ」

私との結婚について、ここまで真剣に考えてくれていたなんて。胸がジーンと熱くなる。

そんな私の反応を前に、クラウスは盛大なため息を吐《つ》きながら言った。

「とにかく、お前はお祖母様と共に暮らすんだ」

なんでもここはコルヴィッツ侯爵邸の本邸ではなく、コルヴィッツ侯爵夫人が静かに暮らすための別邸らしい。

「そうでしたのね。そういえば、コルヴィッツ侯爵はいらっしゃらないな、と疑問には思っていたのですが」

なんでもコルヴィッツ侯爵は本邸で愛人達と仲良く暮らしているという。

各々楽しく暮らそう、というのが夫婦の在り方らしい。

「さまざまな夫婦の形があるものですね」

「呆れたことにな」

私とクラウスは、どんな夫婦になるのか。まったく想像できない。

唯一言えるのは、彼がコルヴィッツ侯爵のように愛人を大勢迎えるようなタイプではないということか。

何はともあれ、危機的状況は脱したようだ。

居住まいを正し、改めて感謝の気持ちを伝える。

「ラウ様、この度は本当にありがとうございました。おかげさまでわたくしに平穏が訪れそうです」

ウベルと結婚するという最悪の運命は回避できた。彼もクラウスが相手だったら、勝てないだろう。

さらに、実家に戻らなくてもいいという。イヤコーベとジルケからいじめられることは二度とないのだ。

私は一生をかけて、クラウスに恩返ししないといけない。

予知夢の能力も、今後は自分のためでなく、彼のために使おう。

そう、心の中で強く強く誓ったのだった。

第四章　婚約期間の始まり

イェンシュ先生が往診にやってきて、しばし安静にしていたほうがいいという診断を出した。

もう平気だから、ミミ医院で働きたいと訴えても、ダメだと言われた。

「自分が元気だと思い込んでいる点が、もっともよくない部分です。あなたはしばし、コルヴィッツ侯爵夫人と共にのんびりお茶を飲みながら、楽しく過ごしてください」

イェンシュ先生曰《いわ》く、私がもっとも患っているのは心だという。

それはどんな薬も効かないようで、時間だけが解決してくれるだろう、と言っていた。

およそ十日ぶりに会ったユーリアは私を抱きしめ、遊びにくる約束をしてくれた。

「エルーシア、元気になったら、また一緒にイェンシュ先生をお助けしましょうね」

「ええ」

というわけで、しばらくコルヴィッツ侯爵邸で大人しくしているしかないようだった。

それからというもの、私は信じられないくらい平穏な毎日を過ごしている。

今日はコルヴィッツ侯爵夫人と共に庭を少しだけ散歩し、サンルームでのお茶会に誘われた。

暖かな太陽の光が差し込む温室には、冬薔薇《ふゆそうび》が咲いている。ため息がこぼれるほど美しい空間であった。

そこで、コルヴィッツ侯爵夫人が淹れてくれた紅茶を飲む。

侯爵夫人にお茶を淹れてもらうなんてとんでもないと思ったが、なんでも彼女の趣味らしい。これがまた、おいしいのだ。

さくらんぼのケーキは料理長自慢のひと品だという。

シロップを染み込ませしっとりとしたチョコレートのスポンジに、バタークリームがたっぷり使われ、上にさくらんぼの砂糖煮が飾られている。大きく切り分けられたものがお皿に置かれたが、見た目ほど甘くなくて、ぺろりと食べてしまった。

「それにしても、クラウスがあなたを抱いて帰ってきた日は、本当に驚いたわ」

「ご心配をおかけしました」

ドレスが血で汚れないよう脱がしてくれと言っていたのに、クラウスは着の身着のままで私を連れ帰ったという。

「まさか、体全体にシーツを巻き付けていたなんて……」

「シーツの顔部分が血だらけだったから、あの子がついに死体を持ち帰ったのでは、と思ったわ」

クラウスの気遣いのおかげで、私はドレスを汚さずに済んだ、というわけである。

「ドレスよりも、エルーシアさんが苦しくないように連れ帰るほうが大事だというのに」

一応、呼吸できるよう鼻部分は出していたようだが、シーツに包まれていた私の呼吸は荒かったという。

「慌ててイェンシュ先生を呼んだのよ」

「その節は、大変なご迷惑をおかけしました」

「いいのよ。あなたは私のかわいい孫娘みたいな存在なんだから」

コルヴィッツ侯爵夫人の温かい言葉に、胸がじんと震える。

こんなふうに、誰かから大事に思われるのなんて久しぶりだった。

「改めて、あの子に文句を言いたいのだけれど、忙しいみたいね」

「ええ」

あのあとクラウスは私の父と会い、結婚の約束を取り付けてくれたらしい。

父は私が家に戻らない件に関して抗議したようだが、ミミ医院に運び込まれた経緯を訴えると、何も言えなくなったようだ。

さすがの父も、傷痕が残るほど鞭で強く叩いていたとは思ってもいなかったという。

騒動のきっかけはイヤコーベとジルケの母娘にあったが、鞭打ちした罪のすべてはヘラに押しつけられたらしい。彼女は解雇されたようだ。

「エルーシアさんは何も心配せず、ここで安心して暮らしてね」

「はい、ありがとうございます」

実家に必要な品を取りにいったほうがいいのでは？　と聞かれたものの、私物はほとんど奪われている。一ヶ月ほど前に、なんとなく嫌な予感がして、予知夢について書いた日記帳はすべて焼却処分しておいた。

あの家に、必要な品なんてひとつもなかった。

それでいろいろ察してくれたのか、コルヴィッツ侯爵夫人は私にドレスや帽子、靴などを大量に贈ってくれた。

ドレスはあの既製品に手を加えてくれたようで、洗練された美しいものばかりだった。

「最近は弟子のフィルバッハが人気だけれど、私もまだまだでしょう？」

「ええ、本当にすばらしい品ばかりで――あら、フィルバッハさんはコルヴィッツ侯爵夫人の弟子だったのですか？」

「実はそうなの」

コルヴィッツ侯爵夫人は弟子を長年取っていなかったようだが、フィルバッハの熱心な様子に心を打たれ、師匠となったのだという。

「彼と知り合いなのね」

「ええ、母の友人だったんです」

「そう。あなたとは、不思議なご縁があるようだわ」

婚礼用のドレスも作ってくれるという。一から手作りするのは、十年ぶりだと言っていた。

「エルーシアさん、嬉しい？」

「はい、とても」

他人からの贈り物は、もれなく好意なので受け取りなさい、というのが母の教えであった。自分になんてもったいないと遠慮するほうが、逆に失礼なのだという。

「無理はなさらないでくださいね」

「そうなのよね。昔みたいに、徹夜で仕上げるのは難しいわ」

しかしながら、社交界デビュー用のドレスは一晩かけて完璧に仕上げてくれた。コルヴィッツ侯爵夫人は隠れて努力する人なのだろう。

「あの、ドレス作りをお手伝いしたいのですが……ご迷惑でしょうか？」

「まあ！　私と一緒に、ドレスを作ってくれるの？　もちろん歓迎よ。嬉しいわ！」

コルヴィッツ侯爵夫人は私を抱きしめ、本当の孫娘みたい、と喜んでいた。

その日の晩、イヤコーベから手紙が届いた。なぜ、コルヴィッツ侯爵邸にいると知っているのか。謎でしかない。手紙もろくでもない内容だろう。

このまま処分したかったが、念のため内容を確かめる。

ミミズが這《は》ったような文字で書かれていたのは、ウベルから婚約破棄されたジルケが落ち込んでいる。励ますために帰ってきてほしい、という自分勝手なものだった。

絶対に私に八つ当たりしたいから呼び出したのだろう。父も寂しがっているとあるが、本当なのか。怪しいところである。

婚約のお祝いをしたいとも書かれてあったが、白々しいものだ。

結婚式の準備で忙しいから、というお断りの手紙を出しておいた。

◇◇◇

冷たい風が吹く冬の季節から、暖かな風が頬を撫でる春に移り変わっていく。

あれから私の体調は回復し、結婚式の準備をしつつ、時折ミミ医院に奉仕活動に行くという日々を過ごしていた。

婚礼用のドレス作りは順調で、あと半年もすれば完成するだろう。

今は結婚式に招待するお客様をリストアップしている途中だ。

結婚式をめちゃくちゃにされたくないので、当日は父のみを招待する予定だ。

心配になるような言動を取る父だが、長いものには巻かれるタイプなので、問題になる挙動はしないだろう。

兄は少し怪しいので、ご遠慮いただこうと思っている。イヤコーベやジルケは当然ながら、招待するわけがなかった。

鉄騎隊の仕事と学業で忙しいクラウスは、結婚式の準備期間中も顔すら見せにこない。

別に、ふたりで仲良くやるものでもないので、勝手に進めさせてもらっている。

新聞社から記事の見本を刷ったものが届いた。それは、私とクラウスのなれそめが書かれたインタビューである。

デビュタント・ボールで騒動を起こした私達について、社交界の人々は興味津々らしい。お茶会などの招待は体調不良を理由に断っていたから、なおさら気になるのだろう。

新聞社から取材させてほしいという打診があり、しぶしぶ受けたのだ。

書かれているなれそめは、コルヴィッツ侯爵夫人とふたりで真剣に考えたものである。

ロマンチックに仕上がっているので、みんな喜んでいるはずだ。

そんななれそめと一緒に、新しいシュヴェールト大公の誕生を祝す記事が書かれていた。

先日、シュヴェールト大公は病気がちなのを理由に、爵位を長男に継承したらしい。通常、爵位は生涯持つものなのだが、病気の容態がよくないということで、特別に許可をされたようだ。

そんな記事を読みながらふと考える。

クラウスは継承権についてどう思っているのか。

新しくシュヴェールト大公になった長男はクラウスの従兄《いとこ》なのだが、人妻と駆け落ちするという予知夢を私はみていた。次男は病死で、三男は財産を持って失踪。その後、爵位を継承したクラウスの父親は事故で亡くなる。

偶然が重なった結果、二十五歳になったクラウスが大公を継承することとなったのだ。

現在、クラウスは十八歳である。七年の間に、シュヴェールト大公家から多くの人々がいなくなるというわけだ。

大公位を継承した者が次々といなくなったので、クラウスは〝悪魔公子〟時代よりも〝悪魔大公〟時代のほうが恐れられていた。

もしも、クラウスが爵位を望んでいないのであれば、未来を変えなければならない。

数日後――記事が無事に掲載され、大変な評判だった、という感謝状が新聞社から届いた。

また後日取材させてほしいという打診があったものの、結婚式の準備で忙しいので断った。

ドレス作りも佳境に入っており、しばらく集中したいのだ。

そんな日々の癒やしは、コルヴィッツ侯爵夫人とお茶を飲む時間である。

ふと、シュヴェールト大公家の代替わりについてどう考えているのか気になって、コルヴィッツ侯爵夫人にそれとなく聞いてみた。

「そういえば、シュヴェールト大公が代替わりしたようですが、新しいシュヴェールト大公はどんな御方ですの？」

「あの子……ゲレオンはねえ」

コルヴィッツ侯爵夫人はため息交じりに話し始める。

「どこで味を占めたのか、信じられないくらい女好きなのよ。愛人はうちの夫よりも多いのよ？　まだ結婚して二年しか経っていないのに、奥方が気の毒だわ」

「は、はあ、そうでしたのね」

貴族は基本的に離婚など許されていない。それゆえに、人妻と手を取り合って逃げるという手段しかなかったのだろう。

私が介入しても、どうにもならないような気がした。

「他のご兄弟は、どんな方々ですの？」

「次男のヘルゲは病弱らしくて、不治の病を患っているみたい。そのうち、継承権を放棄するって話だったわ。彼は三兄弟の中で唯一、一度も会ったことはないの。三男のヨアヒムはとんでもない守銭奴で、大公位を狙っているって話を聞いたわ」

兄がふたりもいるのに、大公位を狙っているとは呆れた話である。ヨアヒムという男は、とんでもない野心家なのだろう。

「その次に継承権があるのは、クラウスの父親ブルーノね。あの子は大公位なんて欠片も興味がなくて、ただの仕事人間なの。クラウスとよく似ているわ」

「そうでしたのね」

一度ご挨拶を――と思ったのだが、クラウスから忙しいので会えない、と言われてしまったのだ。

クラウスの父ブルーノは外交官で、ほとんど家を空けているらしい。

「娘が生きていたら、あんなふうに仕事ばかりのつまらない人間にはならなかったと思うのだけれど……」

コルヴィッツ侯爵夫人の娘であり、クラウスの母親である女性は、産褥熱で亡くなってしまったのだという。

話を聞いていると、胸が痛む。

「結婚する前、ブルーノは爵位の継承権を面倒だからという理由で返上しようとしていたのだけれど、うちの娘が止めたらしいわ」

「それは、どうしてですか？」

「爵位継承権を持っているなんて、かっこいいから、ですって」

亡くなった妻のその一言で、今も継承権を保持しているのだろうか。だとしたら、かなりの愛妻家だったのだろう。

コルヴィッツ侯爵夫人のおかげで、シュヴェールト大公家の爵位継承権を持つ者達についての情報を得ることができた。

考えれば考えるほど、シュヴェールト大公家の男性陣が姿を消すというのはおかしいとしか言いようがない。

もしや、誰かが陰で糸を引いていた出来事ではないのか、と思ってしまう。

もっとも怪しいのは、大公の座を狙っているという三男のヨアヒムだろう。

彼はクラウスよりも七つ年上の、二十五歳だとコルヴィッツ侯爵夫人が話していた。

予知夢でみたのはシュヴェールト大公家が所有する財産のほとんどをヨアヒムが持ち出し、余所《よそ》の国へ失踪したというものだった。

そのため、クラウスの代のシュヴェールト大公家はそこまで裕福ではなかったのだ。

兄ゲレオンが人妻と駆け落ちするように仕向け、病弱な二番目の兄ヘルゲの継承権を返上させ、大公位を得たとしたら――?

ただ、クラウスの父、ブルーノの事故死は偶然なのか……わからない。

ひとまず、勝手に未来を変えるのはよくないだろう。クラウスの意見も聞いてみないといけない。

今晩、クラウスはコルヴィッツ侯爵夫人からホワイトアスパラの晩餐会に招待されている。

食後に少し話ができたらいいなと思った。

春の風物詩とも言えるホワイトアスパラは、コルヴィッツ侯爵夫人の大好物らしい。

毎年、初採れのホワイトアスパラを食べる晩餐会を開いているようだ。

「いつもは夫と愛人達をご招待しているんだけれど、今回はエルーシアさんとクラウスだけにしておいたわ」

「え、ええ……。その、ありがとうございます」

愛人について平然と話すコルヴィッツ侯爵夫人の様子に、いまだに慣れないでいる。

さらっと受け流していいのか悪いのか、よくわからないでいた。

それにしても、コルヴィッツ侯爵だけならばまだしも、愛人達までも晩餐会に招いていたなんて。なんて懐が深い御方なのか。改めて尊敬してしまう。

「どうかなさったの？」

「あ……いえ、愛人をそのように扱っていたなどと聞いて、驚いたものですから」

「エルーシアさん、あまり大きな声では言えないのだけれど、愛人の管理も貴族に嫁いだ妻の務めなのよ」

愛人がみすぼらしい恰好をしていたら、家の評判にも繋がるらしい。

「あちらの家のご当主は愛人にお金をかける余裕もないのかと、嫌みったらしく陰口を叩かれるの」

愛人にきちんとした身なりをさせ、苦労のない暮らしをさせるよう、妻がきちんと監督するのだという。

「妻公認の愛人、というのがもっとも大事なポイントかしら」

「なるほど。存在を認めることで、妻と愛人の力関係が明らかになる、というわけなのですね」

「ええ、そうなの。さすがエルーシアさん。よく気付いたわね」

愛人の下克上というのも、貴族社会では珍しくないらしい。

妻よりも愛された愛人は、態度を増長させ、ゆくゆくは妻の座を乗っ取ろうと画策する。

ただ、貴族の離婚は基本的に許されていない。そのため、暗殺を計画する狡猾《こうかつ》な者もいるという。

「妻の監督のおかげで愛人達の待遇がよくなったら、文句なんて出ないわ。だから、そうやって定期的に彼女達に会うのは大事なことなのよ」

「勉強になります」

鉄騎隊に所属し、忙しい毎日を過ごすクラウスが愛人を迎えるという将来は想像できない。けれども、万が一のことがあるので、コルヴィッツ侯爵夫人の教えは頭に叩き込んでおいた。

「今年は久しぶりに、ホワイトアスパラの晩餐会が楽しめそうだわ」

「わたくしもです」

何を隠そう、この国の人達は春の訪れと共に旬を迎えるホワイトアスパラが大好き。

最盛期を迎えると、市場は早朝に収穫されたばかりのホワイトアスパラの白で埋まる。それが、お昼前には売り切れてしまうのだ。

母が闘病生活に入ってからというもの、ホワイトアスパラは食卓に上がらなかった。そのため、食べるのは久しぶりだ。心から楽しみにしている。

コルヴィッツ侯爵夫人と別れ、身なりを整えていると、クラウスがやってきたと告げられる。

大急ぎで仕上げてもらい、晩餐会の前に話す時間を作ってもらった。

久しぶりに会ったクラウスは私に会うなりため息を吐く。婚約者に見せていい表情ではなかった。

「ラウ様、お久しぶりですわね」

「ああ」

ため息の仕返しだとばかりにすぐ隣に腰かけた。クラウスの右眉がピクリと反応しただけで、嫌がる素振りは見せない。ギョッとするくらいの反応が欲しかったのだが。

「今日の晩餐会、いらっしゃるとは思っていなかったので、驚きました」

「来るつもりはなかったのだが、文句を言おうと思って」

「文句?」

クラウスの懐から折りたたまれた新聞が登場し、テーブルに向かって放り出される。

見覚えがありすぎる紙面だが、しらばっくれてみた。

「あら、そちらは……なんでしょうか?」

「でっちあげ記事が掲載された新聞だ」

寄宿学校にいるクラウスには伝わらないだろう、とコルヴィッツ侯爵夫人が言っていたのだが、しっかり本人にまで伝わったようだ。

「どうせ、お前がお祖母様と結託して考えたものなんだろう?」

すべてお見通しというわけだ。さすが、若年ながらも鉄騎隊の一員に選ばれるだけある。

ただこの記事は、クラウスの評判をよいものへと変えていくものでもあった。コルヴィッツ侯爵夫人はクラウスが悪魔公子と呼ばれていることに関して、よく思っていないのだ。

ロマンス記事のおかげで、クラウスは残酷極まりない血も涙もない男という印象が、見た目はクールだが、愛情深く心が熱い男、というイメージに変わりつつあるらしい。

「わたくし、ロマンス小説が大好きで、ついつい脚色を加えてしまいましたの」

そう口にした瞬間、クラウスは私の顎を摑み、上を向かせる。

親指で唇に触れて――キスをする。これは、記事に書かれていた内容である。

「書かれてあったことを、本当にしてやろうか？」

クラウスの顔がぐっと眼前に迫り、真剣な眼差しが向けられる。

瞳に熱がこもっているように思えて、胸がドキン！ と大きく跳ね、冷静ではいられなくなった。

こんな状況なんて耐えきれないので、すぐに降参する。

「も、申し訳ありません！」

別に自分の願望を打ち明けたわけではないと、必死になって弁解する。

クラウスは私の唇に親指を押し付けたまま、真っ赤な瞳で見下ろしていた。

彼は革手袋を嵌めているので、直接私に触れているわけではない。

けれども、心臓は早鐘を打っていた。

「この記事のせいで、ウベル・フォン・ヒンターマイヤーや、お前の兄にしつこく絡まれた」

「まあ！ ウベルとお兄様が⁉」

いったい何を物申したというのか。頭が痛くなるような話である。

なんでもウベルは私との婚約を解消してくれないか、と訴えたらしい。

私との結婚にこだわる理由は、シルト大公家の財産が欲しいからだろう。その計画を遂行するために、父と兄を亡き者にまでしたのだ。

「お前の兄、バーゲン・フォン・リンデンベルクは、婚約の話なんて聞いていないとうるさく言ってきた」

それに関しては、私が悪かったとしか言いようがない。手紙に書いて兄に報告するのを、すっかり忘れていたのだ。

「ラウ様への配慮が足りていなかった、と反省しております」

「言い訳はそれだけか？」

「ええ」

クラウスは私から離れ、はーーと盛大にため息を吐く。

未《いま》だにドキドキと脈打つ胸を両手で押さえながら、心臓に悪い男だと思ってしまった。

「家族に婚約の報告をするのは父親の仕事だろうが。記事についても、お祖母様の主導で書かせたものだろう？　なぜ、それを言わない」

「わたくしもこういう記事があったほうがよい、と思ったからです」

「それは、私の社交界での評判が悪いからか？」

顔をゆっくりゆっくり逸らしていったのに、左右の頬を潰すように摑まれてしまった。

こういった酷い場面は、記事になかったはずなのだが。

「お前は何を考えている？　私をどうしたい？」

クラウスの手を払い除《の》け、彼をまっすぐ見つめる。問いかけに対する本心を、そのまま伝えた。

「わたくしは、ラウ様をお助けできるような存在でありたいと思っています」

クラウスは少しだけ瞳を瞠目《どうもく》させたものの、いつもの無感情な様子に戻った。

それだけではなく、拒絶するようなことを口にした。

「余計なことはしなくてもいい」

「余計かどうかは、わたくしが決めることですので」

「あくまでも、こちらの意思は無視するというわけか」

「それをすることによって、ラウ様が喜んでくれるとか、頼りにしてくれるとか、そういった好意的な反応は求めておりませんので」

クラウスは呆れた、と言わんばかりのため息を返す。

会話が途切れたので、ここぞとばかりに本題へと移る。

「それはそうと、シュヴェールト大公が、代替わりされたのですね！」

「それがどうした？」

「新しいシュヴェールト大公はどのような御方なのかと思いまして」

クラウスは腕を組み、眉間にぎゅっと皺を寄せている。

「正直なところ、レーヴァテインも抜けなかったことから大公の器ではない、と考えている」

剣の一族であるシュヴェールト大公家に伝わる、伝説の武器レーヴァテイン。

それは、ふさわしい者にしか使えないという噂があった。

「本当に、認められた者にしか使えませんのね」

「ああ」

爵位継承の儀式というのは、深夜にこっそりと執り行われるのだという。

そのさいに、レーヴァテインを引き抜く儀式を行うのだとか。

「従兄殿は先代が生きているから抜けなかったのだ、と言い訳をしていたのだがな」

儀式は形式的なもので、レーヴァテインが抜けないからといって新たな当主と認められなかった、というわけではなかったようだ。

「儀式に参加されていた陛下は、私が当主をしたほうがマシなのではないか、と言っていた。そう思ってしまうのも、無理はないだろう」

国王陛下の言葉に関して、クラウスは否定しているようには思えない。しかるべき状況が訪れたら、爵位を継承するつもりだ、という意味合いに思える。

ならば、私が介入し、未来を変える必要はないというわけだ。

ずっと気になっていたことがわかったので、すっきりした。

「爵位の継承権といえば、今回の代替わりをきっかけに、父と従兄のヘルゲが継承権を返上したと言っていた」

「あら、そうでしたのね。また、どうして？」

「ヘルゲは寝台から起き上がれないほど病弱で、父はただでさえ忙しいのに、爵位なんか継承している暇なんてないと言っていた」

代替わりという一大事の中、こっそり手続きをしたため、継承権の返上を知る者は多くないという。ということは、現シュヴェールト大公の弟ヨアヒムが継承権の第一位となり、それに続く第二位がクラウスということになる。

「あの、継承権第一位の従兄様が大公になりたがっている、というお話はご存じ？」

「一族の中では有名な話だな。あれが大公になりたがっているのは、完全に財産狙いだ。現当主以上にふさわしくない」

シュヴェールト大公家の直系男子がそのような状況なので、国王陛下はクラウスが爵位を継承したほうがいいと思ったのだろう。

「……なんだか喋りすぎてしまった」

クラウスは口数が多いほうではなく、それどころか、口はかなり堅いとコルヴィッツ侯爵夫人が話していたのを思い出す。

「お前、私から情報を聞き出すような、妙な呪術を使ったのではないな？」

「そんなわけありません」

クラウスが勝手に話し始めたことなのに、私のせいにされては困る。

ひとまず、聞きたかった話は引き出せたので、これ以上一緒にいる必要はない。

「ラウ様、いろいろと教えてくださり、ありがとうございました。晩餐会の時間まで、ゆっくりお寛《くつろ》ぎくださいませ」

立ち上がって会釈しようとしたのに、腕を摑まれてしまう。

「まだ、何か？」

「何かって、本題を忘れているのではないか？」

「本題とは？」

シュヴェールト大公家の代替わりと、爵位の継承についての話は聞けたのだが。

考える時間が長くなるにつれて、クラウスの眉間の皺が深くなっていく。

いったいなんの話か、まったくわからなかった。

小首を傾げ、「なんでしたっけ？」と可愛らしく聞いてみる。クラウスは私に着席するように言いつつ、本題について話し始めた。

「結婚式の準備について、話していなかっただろうが」

「あ、ああ！　そうでしたわね。わたくしったら、とっても大事なことなのに、すっかり失念しておりましたわ！」

本当か？　と疑心たっぷりの目で見つめられる。戦々恐々としながら、結婚式の準備について報告した。

「結婚式に招待する者達はすでにリストアップしておりまして、招待状も用意しております」

クラウスは参加者一覧を睨むように見つめている。

コルヴィッツ侯爵夫人から問題ないと言われているので大丈夫だろうが、無駄にドキドキしてしまった。

「お前の兄と、父親の後妻、その娘は招待しなかったのだな」

「騒ぎを起こす気配しかしなかったので」

「よく判断した」

そう言って、クラウスは私の頭を撫でる。

思いがけないスキンシップに、内心驚いてしまう。

「何を驚いている？」

「い、いいえ。このようなことで、褒められるとは思っていなかったものですから」

真剣な眼差しを向けるので、どぎまぎしてしまう。

たぶん、クラウスが兄から被害を受けているので、気にしていただけだろうが。

「お前の家族は、お前自身を酷く軽んじていたのだろう？」

「そ、それは、どうして？　まさか、コルヴィッツ侯爵夫人から何かお聞きしましたの？」

「いいや、違う。お祖母様からは、何も聞いていない」

ならばなぜ、クラウスが知っているのか。心臓がうるさいくらいにバクバクと脈打っていた。

「王宮で倒れたとき、診断のために看護師がドレスを寛がせたのだが、背中に鞭打ちの痕のようなものがあると言ってきた。それで不審に思って、いろいろと調べさせてもらった」

「――――！」

まさか、背中の傷痕から私と家族の歪《いびつ》な関係に気付かれるなんて。一族の恥なので、できれば彼には知られたくなかったのだが……。

「知っていたら、最初の結婚の申し出も断らなかった」

クラウスの優しさに触れ、目頭が熱くなる。

実家にいたころは、私の味方なんてこの世のどこにもいないと思っていたのに。

「私と婚約した以上、お前を軽んじる奴らは絶対に許さない。同じように、お前も許すなと伝えるつもりだったのだが、言うまでもなかった」

兄やイヤコーベとジルケの名前がリストになかったので、私の決意を感じとってくれたのだろう。

「これから先、自分に言われた暴言は、夫となる私への言葉だと思うようにしろ。そういうふうに考えたらその言葉を我慢し、ひとりで呑み込むということもできないはずだ」

それが貴族の定義する夫婦というものだ、とクラウスは教えてくれた。

彼の言葉は、孤独に戦うばかりだった私に大きな勇気を与えてくれる。

なんとも言えない温かな心強さが胸に灯《とも》ったのだった。

◇◇◇

ホワイトアスパラの晩餐会は、和やかな雰囲気で始まった。

前菜は茹《ゆ》でたホワイトアスパラのオランデーズソース和《あ》えから始まる。茹でただけのシンプルな調理法こそ、ホワイトアスパラのおいしさを堪能《たんのう》できる。次に出てきたのはホワイトアスパラのポタージュ。舌触りがなめらかで濃厚だ。

メインの魚料理はホワイトアスパラと白身魚のパイ包み焼き。生地はサクサク、中のホワイトクリームには細かく刻まれたホワイトアスパラが入っていて、白身魚と絡まり合って極上の味わいとなる。

途中で口直しの氷菓子を食べ、肉料理に移る。運ばれてきたのは、ホワイトアスパラとフォアグラのソテー。貴腐ワインの上品なソースがよく合う。

食後の甘味はホワイトアスパラのムースだった。まさかホワイトアスパラを使ってデザートを作るなんて信じられない。それがおいしかったのも、また驚きであった。

珍しく、クラウスは穏やかな雰囲気で食事を楽しんでいるようだった。

コルヴィッツ侯爵夫人も、これまでになく嬉しそう。

和気あいあいとした中で、私達は食事を終えたのだった。

◇◇◇

コルヴィッツ侯爵夫人の屋敷で暮らし始めてからというもの、予知夢をみなくなった。

原因については謎でしかない。

ただ、精神的な苦痛がなくなったからではないかと考えている。

母が亡くなったあとから、次々と予知夢をみたので、あながち間違いではないのかもしれない。

このまま予知夢なんてみなくていいと思う一方で、クラウスを助けるためにみたほうがいいのではないか、と思ってしまう。

予知夢はみたいと願ったとしてもみることはできないので、私が望んでも仕方がない話なのだが。

季節はあっという間に過ぎ去り、夏を迎える。そんな中で、クラウスが寄宿学校を卒業したという話をコルヴィッツ侯爵夫人から聞かされた。三年間首席をキープし、教師達に惜しまれつつ卒業したようだ。

これからは鉄騎隊の任務に集中するようだが、それが心配だとコルヴィッツ侯爵夫人がため息交じりで言っていた。

「あの子ったら、結婚式よりも任務を優先しそうで」

結婚式は来年の二月期《フェブルアール》に予定している。クラウスが私との結婚を宣言してから、一年後に結婚しようと約束していたのだ。

「礼拝堂にエルーシアさんをひとり残していきそうで、心配なのよ」

「それに関しては、覚悟をしておりますわ」

最悪、花嫁ひとりっきりの結婚式というのも、想定していた。

私にとって、結婚式は大事な儀式ではない。クラウスと結婚したという事実が大事なのだ。

「わたくしは平気です。ラウ様と結婚できるのですから、受け入れますわ」

「エルーシアさん……本当に感謝しているわ」

逆にクラウスがいないほうが、緊張しなくていいのかもしれない。なんて言葉は、喉から出る寸前でごくんと呑み込んだ。

「あとは婚礼衣装の仕上げをするだけね。刺繡《ししゅう》を入れて、レースを合わせて、豪華にしてみせるわ」

「今の状態でも、十分素晴らしい仕上がりなのですが」

「いいえ、まだまだなのよ！」

なんて話をしていたら、執事が勢いよく扉を開く。

何事かと思ったら、シルト大公家より知らせが届いたという。

「あ、あの、今、シルト大公家より早馬がやってきまして、エルーシア様にお手紙が、届きました」

何が起こったというのか。執事の手が震えていた。おそらく、何があったのかすでに耳にしていたのだろう。

差し出された封筒は、黒だった。それが意味するのは、ひとつしかない。

震える手で封を開き、中にあった手紙を読む。そこに書かれてあったのは――。

「お、お父様が、亡くなった？」

突然死だったようで、朝方、部屋で倒れているところを発見されたようだ。

ありえない。予知夢でみた父の死は、ウベルと結婚し、私の年齢が二十歳を過ぎた頃だった。こんなに早く亡くなるはずではなかったのに。

「どうして――？　た、確かめに、いかなくては」

立ち上がろうとしたら、コルヴィッツ侯爵夫人は私を引き留めるように抱きしめる。

「エルーシアさん、お待ちなさいな。ご実家には行かずに、ここにいたほうがいいわ」

コルヴィッツ侯爵夫人の言葉を聞いてハッとなる。この情報が本当かわからないし、確かめにいったとしても、実家にはイヤコーベ、ジルケしかいない。

たしか兄は卒業旅行だとか言って、隣国に滞在している。

私と同じように、早馬を使って知らせが行っているだろうが……。

「クラウスに連絡するわ。ここに来てもらいましょう」

「ラウ様は今、隣国にいらっしゃるのでは？」

半月ほど前に、国王陛下の要請を受けて、隣国へ調査にいくという手紙が届いていたのだ。

「前に届いていた手紙に、近日中に戻るって書いてあったから、もしかしたら帰っているかもしれないわ。私に任せてちょうだい」

「わかりました。お願いいたします」

何もできない自分を歯がゆく思うが、実家には私に対して悪意を持つ母娘しかいない。

最悪、イヤコーベとジルケは私が父を殺した、と罪をなすりつける可能性だってある。コルヴィッツ侯爵夫人の言うとおり、クラウスがやってくるまでここで大人しくしていたほうがいい。

「ごめんなさいね。お父様のもとへ駆けつけたい気持ちはよくわかるのだけれど」

「ええ」

兄がいない以上、私に知らせを寄越したのはイヤコーベに決まっている。何か企《たくら》みがあって、知らせたと思っておいたほうがいい。

コルヴィッツ侯爵夫人は私を励ますように、優しく手を握っていてくれた。

三時間後――クラウスがコルヴィッツ侯爵邸にやってきた。今日、隣国から帰ってきたばかりだったらしい。先ほどまで王城にいて、国王陛下に調査結果を報告していたようだ。

「ラウ様、お忙しいのに、申し訳ありません」

「そんなことはどうでもいい」

クラウスの耳にも、父の訃報は届いていたらしい。国王陛下より、直接聞いたようだ。

イヤコーベの趣味の悪い冗談かもしれないという私の願いは、無惨にも砕け散った。

「実家に向かったのではないか、と心配していた」

「コルヴィッツ侯爵夫人に引き留められました」

「もしも行っていたら、酷い目に遭っていただろう」

コルヴィッツ侯爵夫人がいなかったらどうなっていたか。考えただけでもゾッとする。

ひとりではなくてよかった、と心から思った。

「もうひとつ、知らせることがある」

いったい何事か。強ばったクラウスの表情から、いい報告でないことは明らかであった。

「お前の兄、バーゲンが、隣国で終身刑を受けたようだ」

「なっ――――!?」

最低最悪のタイミングで、兄は何かをやらかしたようだ。

なんでも兄は隣国で仮面舞踏会に参加し、ある女性と意気投合したという。

そのまま一夜を明かしたようだが、お相手の女性は王女だったらしい。

「来年、我が国の王太子に嫁いでくる予定だった御方だ」

「な、なんてことを……！」

さらに最悪なことに、王女は兄の子を妊娠しているという。

隣国は隠していたようだが、クラウスが情報を暴いてしまったようだ。

王女との婚約は、おそらく解消されるのだろう。

兄の迂闊《うかつ》な行動のせいで、隣国と我が国の友好関係にヒビが入った。取り返しがつかないことをしてしまったのだ。

予知夢でみた兄の運命は、ウベルやイヤコーべ、ジルケの策略に引っかかり、死んでしまうというものだったが。

私がウベルと結婚しなかったことにより、運命の歯車が狂っているのだろうか。

「残念ながら、バーゲンを助けることはできない」

「ええ……」

助けられたとしても、今度はこちらの国で厳しい処罰が下されるだろう。

隣国で終身刑を受けるほうが、まだ長生きできるかもしれない。

まさか、父と兄が同時にいなくなってしまうとは、想像もしていなかった。

「わ、わたくしは、これからどうすれば、いいのでしょうか?」

「まだ、そういうことは考えなくていい。今日のところはゆっくり休め」

クラウスの言葉を聞いていたら、張り詰めた気持ちが解《ほど》けていくように思えた。

彼は私を部屋まで送り届け、別れ際に「何も心配はいらない」と言ってくれた。

ひとりになると、涙が溢れてくる。

母だけでなく、父までも私を残して逝ってしまうなんて。

枕に顔を押しつけ、私は一晩中泣いたのだった。


翌日——お昼過ぎに目覚めた。

さんざん泣いて、そのまま眠ってしまったようだ。

おかげさまで、妙にスッキリとしていた。

クラウスは仕事に戻ったのかと思いきや、まだいた。

一緒にお茶を囲み、しばし静かな時間を過ごす。私の現実逃避に、彼は辛抱強く付き合ってくれた。

「ラウ様、ありがとうございました。わたくしはもう、大丈夫です」

「大丈夫なわけあるか。無理はしなくていい」

けれども、このままぼんやり過ごすわけにはいかない。

しっかり前を見て強く在らなければ、他人に人生を干渉され、めちゃくちゃにされてしまうから。

「これからどうすべきか、考えたいと思います」

ひとまず、継承者がいない爵位は国王陛下に返上しなければならない。父の財産を継承するのは、唯一血縁関係にある私だ。結婚して一年にも満たないイヤコーベやジルケには権利などないはずである。ただ私が死んだら、どうなるかわからない。

「シルト大公と継承権を持つバーゲンが同時にいなくなる、というのは不審でしかない。隣国で起きたことも、誰かの陰謀である可能性がある」

父の死については、医者が遺体を確認し、死因を特定したほうがいいという。

「お前の兄、バーゲンについても、調べれば調べるほど、不可解な点ばかりだった」

王女は普段、仮面舞踏会のような場に姿を現すことなどなかったらしい。しかしながら、仲のよい侍女に誘われ、しぶしぶ参加したようだ。

兄と打ち解ける前まで、王女はワイン一本、シャンパンを五杯飲んでいたのだとか。酒に酷く酔っている状態だったという。

王女は慎ましく、控えめな性格で、異国の地へ嫁ぐことに関して、不安がっていたのだという。

さらに、想《おも》いを寄せる相手がいたというのだ。

「王家同士の婚姻から逃れるために、バーゲンを利用したようにしか思えない。さらに、お腹の子も、バーゲンの子か怪しいところだ」

「そう、ですわね」

父と兄がいなくなったあとの夢でみた世界では、ウベルが実質的な当主となり、イヤコーベやジルケと共に財産を使い尽くしてしまった。

そういう状況は絶対に避けたい。

「葬儀には行かないほうがいいだろうな」

「ええ、わたくしもそう思います」

どこの誰がやってきていると把握できないような集まりになんて、近付かないほうがいいだろう。危険としか言いようがない。

「お前の父の遺体は、国王の侍医のもとへ運ばせた。今頃、死因を調べているはずだ」

まずは父の遺体をどうにかしなければならないと考えていたが、すでにクラウスが先手を取っていたようだ。

次に、すべきことといったら――脳裏にヒンドルの盾が思い浮かんだ。

そうだ。予知夢でみたヒンドルの盾は、財産を使い尽くした未来のウベルが売り払おうとして触れたら、壊れてしまったのだ。

彼らよりも早く発見し、回収しておいたほうがいいだろう。

「ラウ様、ヒンドルの盾をシルト家から持ち出したいのですが、よろしいでしょうか？」

「それは構わないが、何か理由があるのか？」

「嫌な予感がするのです」

理由としては弱すぎるとしか言いようがなかったものの、クラウスは納得してくれた。


クラウスと同じような全身黒尽くめとなる外套《がいとう》をまとい、頭巾を深く被る。

コルヴィッツ侯爵夫人の見送りを受けながら、発《た》つこととなった。

「ふたりとも、どうか気を付けて」

私とクラウスは同時に頷く。

馬車ではなく、馬に乗っていくらしい。コルヴィッツ侯爵家の厩《うまや》には、クラウスの馬がいた。

全身黒の美しい青毛《あおげ》の馬である。私の接近に気付いた馬は、威圧するような目で見下ろしていた。

「わたくしが乗る馬は、どの子ですの？」

「いや、私と一緒に乗ってもらう」

急ぐので跨がるように言われた。

乗馬用のドレスではないのだが……緊急事態なので仕方がないのだろう。

クラウスが馬の背中に置かれていた鐙《あぶみ》を下ろす。大きな馬なので、足が届くかどうか心配だったが、ここでクラウスが私を赤子のように持ち上げた。高い高いではなくて、馬に乗せるためである。こういうのは一言、事前に何か言ってほしい。

無事、馬に跨がったが、スカートが臑のあたりまで上がっているのがわかった。恥ずかしいが、我慢するしかない。どうせ辺りは暗いので、道行く人には見えないだろう。

続けて、クラウスも後ろに跨がる。

「行くぞ」

「え、ええ」

思っていた以上に密着したうえに、耳元で囁かれたものだから、驚いてしまった。

悔しいけれど、ドキドキしてしまう。彼が無駄にかっこいいのがよくないのだ。そう思っておく。

馬は軽やかに歩き始め、厩を出た瞬間、走り始める。

舌を噛まないよう、奥歯を噛みしめ、衝撃と速さに耐えることとなった。

馬は風を切って走る。外は暗く、何も見えない。

私自身が風になったようで、不思議な気持ちを味わった。

あっという間にシルト大公家の屋敷へと到着する。が、正門から多くの荷馬車が出入りしていたのでギョッとした。

「あれは、なんですの？」

「家具か何かを持ち出しているようだ」

耳を澄ませたら、声が聞こえる。イヤコーべのものだった。

「あの人の部屋にある物は、全部持ち出すんだよ！　今のうちに、売っ払っちまえ！」

父が亡くなった翌晩に、家具を売りに出す妻が世界のどこにいるというのか。

兄が隣国から戻れないという情報は届いていないはずなので、邪魔する者が出てくる前に売ろうと思ったのか。呆れた話である。

「ラウ様、裏口のほうへ回りましょう」

「ああ」

使用人が出入りする裏口のほうへと回り込んだら、使用人が何か持ち出していた。

「イヤコーべ様が気付かないうちに、急げ！」

「ああ！」

いったい何をしているのかと目を凝らしたら、庭に生えている薔薇《ばら》の樹《き》を持ち出しているようだ。

あの薔薇は父が母のために贈ったものだったのだが。

イヤコーべだけでなく、使用人までも盗人のように屋敷を荒らしていたなんて。本当に信じられない。頭がズキズキと痛んだ。

「あいつら、締めるか？」

「いいえ、今は大丈夫」

すぐに駆けつけてきて正解だった。まさかこんなにも早く、屋敷に残った者達が窃盗行為を働くとは想像もしていなかった。

「エル、他に出入り口はあるか？」

「――‼」

いきなり耳元で名前を呼ばれたので、跳び上がりそうになった。ずっと、私への呼びかけは〝お前〟だけだったのに。

しかも愛称だったので、驚きは倍である。すでに名乗っているので本当の名は知っているはずなのに、なぜ、愛称だったのか。

万が一でもイヤコーべたちにバレないようにということなのか。それか、私がずっとラウ様と呼ぶので、仕返しなのかもしれない。

「エル？」

「あ、えっと、出入り口はありませんが、一ヶ所だけ、塀が低くなっている場所があります。馬の背に立てば、なんとかよじ登れるはずです」

「案内しろ」

「は、はい」

夜でよかったと思う。

明るい場所だったら、私の顔が真っ赤になっていることがバレてしまうだろう。

思いのほか優しく呼ぶので、余計に照れてしまったのかもしれない。

名前を呼ぶならば、いつもの迫力ある低い声で口にしてほしかったのだが。今までになく甘い声だったので、ここまで動揺してしまうのだろう。

ぶんぶんと首を横に振り、邪念を追い出す。私は大丈夫。そう言い聞かせ、平静を装った。

塀の前に到着すると、クラウスは音も立てずに塀の上に跳び移った。

猫のようなしなやかな動作に、見とれてしまう。

が、次の瞬間には、私に手が伸ばされる。ここから跳べと言いたいのだろう。

「立ち上がらなくてもいい。手を取れ」

「わ、わかりました」

馬の上に立てるか、若干心配だったのだ。

足場の悪い塀の上から、引き寄せてくれるという。

それは果たして大丈夫なのだろうか。今は彼を信じる他ない。

クラウスが伸ばした手を摑んだ瞬間、ものすごい力でぐいっと引かれる。

「んんんっ!!」

一瞬にして、クラウスの胸の中に飛び込む形となったが、私を抱きしめたクラウスの体がぐらりと傾いた。

なんとか堪《こら》えてくれという懇願も空《むな》しく、ふたり揃って背後に倒れていく。

悲鳴をあげないよう、口元を手で覆う。そして、衝撃に備えたが——着地したのは積み重ねられた藁の上であった。

「……ラウ様、もしかして、わざと藁の上に落ちました？」

「そうだが？」

何か文句でもあるのか、という声色である。

私が怖がると思って言わなかったようだが、心の準備というものがあるので、行動に移すときは事前に言ってほしい。

立ち上がったクラウスの背中には、藁が大量に付着していた。

取る振りをしつつ、思いっきりバシバシと叩く。思いのほか、背中が硬くて驚いた。きっと、全身に筋肉がついているのだろう。

このままでは私が手首を悪くしそうなので、ほどほどにしておいた。

無事、シルト大公家の敷地内に侵入することに成功したのだが、庭には多くの使用人達が行き来していた。

「呆れたな。盗人がこんなにも多くいるとは……」

「ええ」

母は庭の草花を愛していた。毎年父は母に薔薇や果樹の苗を贈り、庭は年々美しくなっていったという。

高価な樹や花が多いので、売れると思ったのだろう。

「このままふたりでうろついたら見つかる」

ならば、どうすればいいのか。と思った瞬間、クラウスは私の耳元で囁いた。

「抱き上げる」

言うと同時に私を横抱きにする。そして、人を抱えているとは思えない速さで、庭を駆け抜けた。

完全に、クラウスは闇に溶けていたように思える。使用人達は誰ひとりとして、気付いていなかった。

使用人達が作業をする階下は灯《あか》りが煌々《こうこう》と点《つ》いており、忙しそうに行き来していた。

キッチンメイドは食料庫から食材を盗み、ランドリーメイドは高価なリネンを我が物にする。パーラーメイドは執事と結託し、銀器をじっくり吟味しているようだった。

「騎士隊に通報したほうがよさそうだな」

「本当に」

厨房からこっそり入ろうと思っていたのだが、計画が頓挫《とんざ》する。

「エル、侵入するならば、どこがいい？」

「二階にあるわたくしの部屋がいいと思います。窓の鍵が壊れているので、出入りできるはずです」

すでに何もかも奪われ、もぬけの殻だろう。

「窓の近くに大きな樹が生えておりますので、そこから登って入ることが可能です」

何度か樹を伝って屋敷を抜け出したことがあると告白すると、クラウスはため息を返す。

「貴族のご令嬢が、どうして木登りなんかできるんだ」

「お母様から習いましたの」

年に一度、イースターのシーズンになると、家族で草原にピクニックに出かけていた。

草原にあった大きな樹に、裸足《はだし》になって登っていたのである。

父と兄は木登りができず、いつも下から見上げるばかりであった。母が教えようかと言うと、いつも困った表情を浮かべ、断っていた。

あのときは、本当に幸せだった。

「先に登れ」

「わかりました。本当に登れるところを、お見せしましょう」

踵が高い靴を脱ぎ捨て、太い枝に手をかけた瞬間、ハッとなる。

「どうした？」

「わたくしが先に登ったら、下着が見えてしまうのではありませんか？」

「それは見えるだろうな」

「見ないでくださいませ」

その言葉に、クラウスは首を傾《かし》げる。

「見ていないと、落ちたときに受け止められないだろうが」

「ああ、なるほど――って納得すると思うのですか？」

「何を恥ずかしがっている」

「恥ずかしいに決まっています」

足首ですら、異性に見せてはいけないと習ったのだ。下着なんか見られた日には、私の中にある羞恥心が爆発してしまうだろう。

「どうせ夫婦になるから、いずれすべてを見ることになるだろうが」

「……」

正論でしかないが、腹立たしい気持ちになるのはなぜだろうか。

ここでクラウスとあだこうだと言い合いをしている暇はない。薄目で見ているように言ってから、私は樹を登り始める。

五分ほどで私室の窓に行き着き、窓枠に手をかけて開く。一瞬ひやりとしたものの、無事、中に侵入できた。

窓を覗き込んでクラウスに合図を出そうとした瞬間、目の前に彼がいたので驚いた。

私が部屋に入ってすぐに登り始めたのだろうが、あまりにも早すぎる。

手でも貸してやろうかと思ったのに、クラウスは自力で部屋に降り立った。

「ここが、お前の部屋で間違いないのか？」

「ええ」

部屋には寝台すらない。私が戻らないと知り、何もかも持ち出してしまったのだろう。

「信じがたいほど酷い部屋だ。呆れた家族だな」

「否定できません」

クラウスはため息を吐くと、その場に跪《ひざまず》いた。

「窓枠に腰かけろ」

「はい？」

何事かと思ったら、彼の手には私の靴が握られていた。私が脱ぎ捨てたそれを回収し、持ってきてくれたようだ。

薄暗い中、月明かりにぼんやりと照らされたクラウスが、お利口な大型犬に見える。回収《レトリーブ》できるなんて偉い。なんて考えていたところ、クラウスは想定外の行動に出た。

片方の足を持ち上げ、靴を履かせてくれたではないか。

わけがわからず、顔全体が熱くなっていくのを感じた。

「なっ、く、靴くらい、自分で履けます」

「そうなのか？」

クラウスは顔を上げ、意外だという表情で私を見る。

どうやら本気で靴の履き方を知らない、箱入り娘だと思っていたらしい。

「わたくしはそこまで箱入りではございません。着替えもひとりでできますし、お風呂にだって入れます」

「それはすばらしいな」

思いがけず、褒められてしまった。それはクラウスなりの冗談なのか、本気なのかまったくわからない。

そしてなぜか、もう片方の靴も履かせてくれた。

「ケガをするから、靴は履いておけ。木登りしているときも、ヒヤヒヤした」

「足の裏は頑丈ですので、ご心配なく」

「シルクの布地のように皮膚が薄い足の裏が、頑丈なわけないだろうが」

「なっ！」

いつの間にか、皮膚の厚さまで把握されている。下着も見られただろうし、猛烈に恥ずかしい。

なぜ、彼と行動を共にしただけなのに、さまざまな情報を握られてしまうのか。

「わたくしだけいろいろ見られたり、触られたりするのは不公平です。帰ったら、ラウ様の下着と足の裏を確認させてくださいませ」

「お前は何を言っているんだ」

真顔で問われたからか、本当に何を言ってしまったのかと我に返ってしまった。

「下着は夜だから見えなかった」

「それを聞いて、安心しました」

「馬鹿なことを話していないで、さっさと行くぞ」

「少しお待ちくださいませ」

ヒンドルの盾がある部屋を開けるために必要な物が、この部屋に隠してあるのだ。

「たしか、この辺りだった気がするのですが――」

壁の板を引っ張るとあっさり外れた。そこに隠していたのは、血が付いた一枚のハンカチである。

「なんだ、それは？」

「兄の血が染み付いたハンカチです」

去年の降誕祭で、兄がナッツチョコレートを食べ過ぎて鼻血を噴いた。介抱する振りをして、血が付いたハンカチを保管していたのだ。

「ヒンドルの盾が保管されている部屋は、シルト大公家の継承者の血が鍵となって開くようになっておりまして、これが必要なのですよ」

予知夢でみたときも、ウベルは兄の血を拭ったハンカチを使い、鍵を開けていた。それを覚えていたので、彼らにヒンドルの盾が奪われる前に持ち出そうと、兄の血が付いたハンカチを保管していたのである。

使用人達に見つからないよう、二階から階下へと移動する。

すでに深夜だったが、ドタバタと忙《せわ》しなく行き来しているようだった。

「地下の出入り口はどこにある？」

「厨房へ行く途中に、身なりを確認する姿見があるんです。それを一回押したあと、力いっぱい引くと、地下へ繋がる階段が出てきます」

「わかった」

クラウスは私を担ぎ上げると、目にも止まらぬ速さで走り始める。

こうなるのではないかと、うっすら思っていた。

使用人がやってくると姿を隠し、また駆ける。さすが、鉄騎隊の隊員と言うべきか。誰にも見つからずに移動する。

あっという間に姿見の前まで行き着くと、地下への扉を開いた。

どこからともなく角灯を取り出し、火を灯す。

「足元に気を付けろ」

「はい」

信頼されていないのか、腕を摑んでおくように言われた。

長い長い階段を下り、廊下を歩いた先にヒンドルの盾が保管された部屋がある。

扉には魔法陣が描かれており、これにシルト大公位を継承した者の血を付けると、鍵が開く仕組みになっているのだ。

ドアノブを捻《ひね》ってみたが、しっかり鍵がかかっている。もしかしたら開いているかも、と思った私が間違いだった。

「ここに、お兄様のハンカチを押しつけたら、扉が開くはずなのです」

ドキドキと高鳴る胸を押さえつつ、兄の血が付着したハンカチを魔法陣に押しつけたが――反応はない。

「ど、どうしてですの⁉」

兄の血さえあれば、ここが開くと思っていたのに。

クラウスは魔法陣を凝視し、書かれていた古代文字を読み上げる。

「扉を開けるのは、今を生きる正統な継承者のみ――」

「ええ。ですから兄の血を用意していたのですが」

ハンカチの状態は、予知夢でみた物と変わらない。濡れた血でなければならないという決まりではなかったはずだ。それなのになぜ開かないのか。

「もしかしたら、バーゲンはシルト大公の継承権を失っているのかもしれない」

「失う？　それはどうして？」

「国内にいないことが最大の理由だろう」

「そういうわけでしたか。魔法陣には今を生きる継承者のみとあるので、すでに亡くなった父の血でも開けることはできないのでしょうね」

「そうみたいだな」

ヒンドルの盾を奪ったのは、兄が亡くなってからだと思っていた。予知夢は時系列がめちゃくちゃなので、私もはっきり出来事の経過を把握していないのだ。

兄は隣国で終身刑を言い渡されている。このまま放置していたら、誰の手にも渡らないのでは？と思う一方で、兄がなんらかの手段で帰国したら、あっさり開けられてしまうだろう。

どうにかして、今日のうちに持ち出さないといけない。

「どうしましょう。ラウ様、この扉をこじ開けることはできて？」

「可能だろうが、無理矢理入った場合、ヒンドルの盾は侵入者を拒絶するだろう」

「拒絶、ですか」

「ああ。レーヴァテインにも、継承者以外が触れたら、斬りつけられてしまうという、恐ろしい謂《い》われがある」

ウベルが侵入したときも、ヒンドルの盾に触れた瞬間、砕けてしまった。

それが、クラウスが言っていた拒絶というものなのだろう。

「エル、お前の血で開けられるのではないのか？」

「わ、わたくしの血ですって？」

たしかに、私は父――シルト大公の血を引いているが、継承権は持っていない。

シルト大公の爵位とヒンドルの盾を手にする権利は、直系男子にのみあるのだ。

「試してみろ。ほら」

そう言って、短剣を握らせる。

私の血で開くわけがないのに、クラウスは早くするようにと隣で急《せ》かす。

「わたくしの血で開くわけがないのに」

「いいからやってみろ」

他に手段など思い浮かばないので、イチかバチかで試してみることにした。

震える手で、剣を引き抜く。

手のひらに刃を当てようとしたら、クラウスが手首を摑んで阻む。

ぐっと接近し、耳元で囁いた。

「たくさん切る必要はない。刃の先で引っ搔《か》くだけにしておけ」

「あ……はい」

クラウスの助言がなかったら、手のひらをザックリ切るところだった。

「やろうか？」

「いいえ、自分でできます」

意を決し、手のひらを少しだけ剣で引っ掻く。

チクッとした痛みと共に、小さな傷口から血が滲んだ。

それを、魔法陣へ押しつける。

開くわけがないと思っていたのに、魔法陣が突然発光したではないか。

同時に、ガチャンという、鍵が開くような音が聞こえた。

私は思わず、クラウスの顔を見る。彼がこくりと頷いたので、ドアノブを捻った。

すると、扉が開いたではないか。

「やはり、開いたか」

「ど、どうして、わたくしでも開けられるとわかっていたのですか？」

「もともと継承権は、男女ともに持っているという話を聞いたことがあったから」

女性は結婚して家を出て、男性は家に残ることが多かった。そのため、時代の移り変わりと共に継承権を持つのは男性のみだと思い込むようになっていったのかもしれない。

扉を開いた先は小部屋となっていた。

中心には台座が置かれ、その上に金色の輝く盾が鎮座している。

「これが、ヒンドルの盾、ですの？」

「みたいだな」

予知夢では、ウベルが触れた瞬間に壊れてしまった。私もそうなるのではないかと、戦々恐々としてしまう。

「何をしている。早く手に取れ」

「しかし、触れた瞬間、壊れてしまったらどうしようかと思いまして」

「その時はその時だ」

クラウスに背中を押され、ヒンドルの盾の前に行き着く。

洋凧《カイト》みたいな形の、大型の盾だ。

私が持ち出さなければ、悪人達の手に渡ってしまう。

覚悟を決め、ヒンドルの盾に触れた。

その瞬間、ヒンドルの盾は眩《まばゆ》く光り輝く。

「くっ――――!」

「エル!」

倒れそうになったものの、クラウスが体を支えてくれた。

光が収まったのを確認し、瞼を開く。

「え!?」

「これは?」

信じがたいことに、先ほど台座に置かれていたヒンドルの盾がなくなっていた。

夢でみたときのように、崩壊したわけではない。

ならば、どこに行ったというのか。

「正統な継承者ではないわたくしが触れたから、なくなってしまいましたの？」

「そんなわけない」

クラウスはきっぱりと言い切ったが、私のせいでヒンドルの盾がなくなったのは明白だろう。

「別の場所に移動したのかもしれない」

「ど、どちらに？」

「そこまではわからない」

大変なことをしでかしてしまった。これでは、ヒンドルの盾を壊してしまったウベルと同罪だろう。

やはり、運命は変えられないのか。

「気にするな」

「しかし」

「ヒンドルの盾はかならずどこかにある。エルの気が済むまで、一緒に捜してやるから」

「……はい」

今日のところは戻ろう。そう言って、クラウスは私の肩を抱き、地下部屋から脱出する。

地下であれこれしている間に、使用人達はいなくなっていた。

帰りは裏口から抜け、馬に乗ってコルヴィッツ侯爵邸へと戻る。

コルヴィッツ侯爵夫人に心配をかけてはいけないので、落ち込んだ姿なんて見せないようにしよう。

そんなことを思っていたのに、出会い頭に抱きしめられてしまった。

何も言っていないのに、何かあったのだとバレていたようだ。

「しばらく、一緒にゆっくり休みましょうよ。ね、エルーシアさん」

「は、はい」

コルヴィッツ侯爵夫人の温もりを感じていたら、涙が溢れてしまう。

そんな私を、コルヴィッツ侯爵夫人は励ますように優しく撫でてくれた。


翌日、コルヴィッツ侯爵夫人とレース編みをしているところに、クラウスの訪問が告げられた。

黒尽くめの恰好だったので、仕事帰りなのだろう。

「ふたつ、報告がある。悪いことと、悪いことだ」

「どちらも聞きたくありませんわね」

けれど現実から目を背けるわけにはいかないので、クラウスの報告に耳を傾ける。

私を心配してか、コルヴィッツ侯爵夫人が手を優しく握ってくれた。

「まずひとつ目は、シルト大公の遺体の後頭部にあった打痕が、転倒によるものでなく、何かしらの凶器を頭部にぶつけたさいにできたものだ、という報告が上がった」

「つまり、お父さまは誰かに殺された、ということですのね」

「そうだ」

カッと目頭が熱くなって、瞬《まばた》きをした瞬間に、ぽたぽたと涙が零れてしまう。

あんな父ではあったけれど殺されてしまうなんて、やっぱりあまりにも酷い。

いったい誰がそのような凶行に出たのか。絶対に許せる行為ではない。

コルヴィッツ侯爵夫人が差し出してくれたハンカチで涙を拭う。涙はとめどなく流れてきた。

「発見当時も打痕を確認し、多く出血していたのだが、現場を確認した医者が倒れたときにできたものだろうと判断していたようだ」

その医者も怪しいと思い調べたところ、診療所はもぬけの殻だったという。

おそらくだが、犯人と医者が結託して、事件を隠そうとしたのだろう。

「もうひとつの報告は――」

「ちょっと、クラウス！　次から次へと、言うものではないわ」

コルヴィッツ侯爵夫人の言うとおり、まだ事実に感情が追いついていない。けれども兄がいない以上、父についての話はすべて私が聞かないといけないのだ。

淡々としているクラウスを見ていると、気持ちが少しだけ落ち着いた。私も彼のように、感情を押し殺せたらいいのだけれど。なかなか上手くいかないものだ。

「あの、ラウ様、わたくしは大丈夫、です。お聞かせください」

クラウスは無言で頷き、持ち帰った情報を報告してくれた。

「遺体を確認した医者と、シルト大公の遺体が姿を消した」

「なっ⁉」

医者が書いた診断書なども根こそぎ盗まれていたようだが、唯一、その医者が書いたであろう診断書の下書きらしきメモがゴミ箱の中に残っていたそうだ。

「ただこのメモは正式な書類ではないため、証拠として事実を証明できる材料ではないらしい」

ひとまず、死体損壊罪として調査が始まるらしい。

調査は鉄騎隊ではなく、騎士隊が担うようだ。

「次に危険が迫るとしたら、シルト大公の財産を継承する権利があるエルだろう」

「え、ええ」

誰かが私の命を狙っているかもしれない、と考えただけでゾッとしてしまう。

クラウスをまっすぐ見つめ、ずっと胸にあった思いを打ち明ける。

「わたくしはもう、死が救いだとは考えておりません。ラウ様と結婚して、穏やかな家庭を築きたいと思っています」

だから、私は生きたい——そう告げると、クラウスは珍しく微笑んだではないか。

見間違いかと思って目を擦《こす》ってみたが、彼の表情は変わらない。

「よかった。そう言ってくれたら、守る価値もある」

「守る価値、ですか？」

「ああ、そうだ。事件が解決するまで、私はエルの護衛を命じられた」

「つまり、四六時中傍にいる、ということですか？」

「まあ、そうだな」

クラウスが護衛をしてくれるならば心強い。

そう思ったのと同時に、夫婦でもないのに常に一緒にいるなんて、無理があるのではないのか、と思ってしまう。

「お祖母様、そんなわけですので、エルは私の実家に連れて行きます」

「ダメよ!!　寂しいじゃない!!」

コルヴィッツ侯爵夫人はカッと目を見開いて訴える。瞳が若干血走っていた。

「これまでの話を聞いていましたか？　エルは事件に巻き込まれようとしているのです。ここにいたら、お祖母様自身も危険に晒《さら》すことになります」

「私は平気よ。これまで何度も女癖が悪い夫の愛人からの恨みを買って、命を狙われてきたんだから！屋敷の警備体制なんて、あなたの家よりも充実しているんだから！」

シーンと静まり返る。

コルヴィッツ侯爵夫人の暴露に、クラウスも少し目を見張っていた。

「隠していたけれど、これまでエルーシアさんを訪ねてきた怪しい商人は過去を調べて騎士隊に突き出したし、侵入者は塀を跳び越える前にこっそり処分させていたのよ！」

父の亡きあと、私は真っ先に狙われてもおかしくない状況だったが、コルヴィッツ侯爵邸の警備体制が私を守ってくれていたようだ。

「だから、エルーシアさんはここにいてもいいでしょう!?」

クラウスは腕組みしつつ、険しい表情で頷いたのだった。

◇◇◇

その後、クラウスとコルヴィッツ侯爵夫人がふたりで話したいというので、私は侍女数名と共に席を外す。

ここにいる侍女も全員、元傭兵《ようへい》だと言うのだから、驚いたものである。どの侍女も、武人にはとても見えないのだが……。

なんでも、コルヴィッツ侯爵夫人が直々に所作などを伝授したらしい。そんな成果があり、彼女達は生まれてこのかた侍女を務めているようにしか見えないのだ。

私も、コルヴィッツ侯爵夫人に弟子入りし、マナーの講義を受けなければならないのではないか、と真剣に考えている。

それから二時間後、私は呼び出された。

クラウスがコルヴィッツ侯爵邸に居候する、という方向で落ち着いたらしい。

「これから三人で、仲良く暮らしていきましょうね。結婚しても、ここで生活してもいいのよ」

「お祖母さま、それはちょっと……」

「いいじゃない。きっと楽しいわ」

クラウスが鉄騎隊の仕事であまり家に帰らないのであれば、私もコルヴィッツ侯爵夫人がいるここで楽しく愉快に暮らしたい。

私の未来に、明るい光が差し込んだ瞬間であった。

第五章　シュヴェールト大公とレーヴァテイン

コルヴィッツ侯爵邸での暮らしを始めるため、クラウスは実家に荷物を取りにいった。

三時間後、戻ってきた彼は思いがけないものを両手に抱えていた。

「なっ、そ、その子はなんですの⁉」

「鼠《ねずみ》捕り番だ」

クラウスが抱えていたのは――猫。

しかも、ただの猫ではなく、三十九インチくらいの、巨大猫である。全身真っ黒で、瞳はエメラルドみたいに美しい。毛足が長く、全身もふもふであった。

「お名前は？」

「アルウィン」

「気高い友人《アルウィン》……すてきなお名前です」

クラウスが床の上に下ろすと、優雅な足取りで私のもとへ近付く。

このように大きな猫など、初めてだった。

しゃがみ込んで指先の匂いをかがせると、頬をすり寄せてきた。

「――っ‼」

なんて愛らしい生き物なのか。

今すぐ抱き寄せてなで回したい衝動に駆られたが、ぐっと我慢する。

猫は人ではなく、家に懐く存在だと言われている。ここが過ごしにくいところだと思われたらいけない。

ひとまず、自由気ままにさせておこう。

「猫は、嫌いではないようだな」

「大好きですわ！」

幼少期から猫を飼いたかったのだが、父に反対されていたのだ。

なんでも猫は悪魔の使いと言われていて、病弱な者がいる家で飼育すると悪魔がやってくる目印になってしまうのだという。

その昔、猫が媒介になった病気が流行ったため、そのような謂われがあったのだろう。

母は昔から体が弱かったらしく、猫を介して病気になったら大変だということで、飼育は禁じられていたのだ。

そんな事情があったので私は猫を飼う代わりに、庭を出入りする鳥やハリネズミを愛でていたのである。

「エル、もう一匹――」

「猫ちゃんですの!?」

立ち上がって期待の眼差しを向けていたが、クラウスの背後から出てきたのは初老の男性だった。

「期待を裏切ってしまい、申し訳ありません。わたくしめはクラウス様の秘書官を務めております、チャールズ・バーレと申します」

恭しく頭を下げるので、私の背筋はピンと伸びる。

クラウスが私を指し示しながら「エル」と紹介する。アルウィンとまったく同じ引き合わせ方だった。仕方がないので、自分で名乗る。

「エルーシア・フォン・リンデンベルクと申します。以後、お見知りおきを」

チャールズは穏やかな表情で微笑み返してくれる。

眼鏡をかけ、口元には髭を生やした、柔和な雰囲気の紳士であった。クラウスの扱いに苦労している者同士、なんだか仲良くなれそうだ。

「クラウス様、お荷物は部屋に運んでおきますね」

「ああ、頼む」

クラウスはアルウィンで両手が塞がっていたため、チャールズが鞄《かばん》を運んできたようだ。

「では、ラウ様はわたくしのお部屋にどうぞ」

クラウスは頷き、素直に私のあとをついてくる。

一方で、アルウィンは古くから友人のように、私の隣を歩いてくれた。

部屋に到着し、長椅子を勧める。

クラウスは私に対面する位置に腰かけ、アルウィンは私の隣に跳び乗った。

アルウィンは撫でろとばかりに、私の手の甲に額を押しつけてくる。

優しく触れると、ゴロゴロと喉を鳴らしていた。

「アルウィンは人懐っこいのですね」

「私にはこうではないのだがな」

クラウスは腕組みしつつ、険しい表情でアルウィンを見つめていた。

「実家に置いてくるつもりだったのだが、出発する瞬間に玄関に現れて、自分を連れていけとにゃーにゃーうるさく鳴くものだから、しぶしぶ運んできた」

「そうでしたのね」

普段は月に二度か三度、見かける程度だったという。

出かけるときも、姿を現すことすらなかったらしい。

「ご主人様であるラウ様が、しばらく戻ってこないと察したのでしょうか？」

「そんなわけあるか。ただ――」

「ただ？」

クラウスはジロリとアルウィンを睨みつつ、話し始める。

「エルと会った日は、かならず匂いをかぎにきていた。初めて会った日からずっと」

「まあ、そうでしたのね」

「だから、エルと会う機会だと思って、連れていくように言ったのかもしれない」

まさか、そんなに前から気にされていたなんて知らなかった。光栄極まりない話である。

「アルウィン、ふつつか者ですが、どうぞよろしくおねがいします」

なんて言うと、アルウィンは「にゃあ！」と元気よく鳴いてくれたのだった。

「ラウ様にこんなにもかわいいお友達がいたなんて」

「ただの腐れ縁だ」

なんでも、アルウィンは二年前にクラウスが任務中に拾った猫だったらしい。

「屋根裏から屋敷に侵入しようとしていたら、こいつがいたんだ」

拳ふたつ分ほどの小さなアルウィンが、母猫かと思って近寄ってきたのだという。

小さな瞳を光らせながらにゃあにゃあと鳴くので、クラウスは首根っこを摑んで大人しくさせようとポケットに突っ込んだ。

「任務をこなす中で、子猫をポケットに入れているのをすっかり忘れてしまい、そのまま連れ帰ってしまった」

上着を受け取ったチャールズに指摘され、クラウスは子猫について思い出したという。

明るい場所で見た子猫は、全身やせ細っていたという。

「母猫からしっかり乳を貰っていたら、腹がぱんぱんのはずなのに、ガリガリだった」

おそらく母猫は長い間屋根裏に戻ってきていない。

このまま野生に放したら死んでしまう。そう判断したクラウスは、猫を獣医に診せたあと、チャールズに世話をするように命じたという。

「そして、気付いたらこんなに大きくなっていた」

「健やかに育ちましたね」

「まったくだ」

ちなみに、鼠捕りはしないらしい。茹でたささみや魚、猫用のカリカリしか食べないようだ。

「毎日一時間のブラッシングと、歯磨き、肉球にクリームを塗らないと眠らない、箱入り猫だ」

「身だしなみに気を使っていますのね」

「貴族並みだろうな」

毛艶がよく、美しい猫だと思っていたが、お世話する者達の努力の賜物だったのだろう。

「アルウィンの世話係も三名連れてきた。だから、可愛がる以外は何もしなくていい」

「わかりました」

専属メイドがいるなんて、シルト大公邸で暮らしていた私よりもいい生活をしていたようだ。

この世には想像を絶する存在がいるものだな、としみじみ思ってしまった。

その日の晩、信じがたいことが起こった。

アルウィンが私の寝室にやってきて、布団に潜り込んだのだ。

「あの、一緒に眠ってくださるの？」

「にゃあ～～」

私はアルウィンをぬいぐるみのように抱きしめて眠る。

なんて幸せなのか。

ぐっすり眠ってしまったのは言うまでもない。


クラウスとの共同生活は、思いのほか穏やかであった。

彼は家のことも任されているようで、毎日大量の書類が運ばれてくる。

それをこなすクラウスの部屋で、私とアルウィンがのんびり過ごすというのがお決まりであった。

今日はコルヴィッツ侯爵夫人と一緒に、アルウィンの抜けた冬毛で羊毛フェルトならぬ、猫毛フェルトを作った。

アルウィン専属メイドが梳ったときに毛が抜けるのだが、その毛を集め、一度きれいに洗う。しっかり乾かしたものを素材として使うのだ。

小さく丸めてニードルをグサグサ刺していると繊維同士が絡まり合い、収縮して固まる。核となる玉が完成したら、毛を重ねてニードルで刺しつつ、どんどん大きくしていくのだ。

最終的に完成した猫毛フェルト玉は、アルウィンの遊び道具となる。

玉を投げると、犬のように後を追い、回収してくるのだ。

そして、また投げてくれと瞳を輝かせるのである。

猫毛フェルト玉はアルウィンが豪快に遊ぶので、三日ほどで破壊されてしまう。替えを用意するために、私とコルヴィッツ侯爵夫人はせっせと作っているのだ。

太陽が沈み、月が輝く夜――クラウスの部屋の灯りが灯っているのに気付く。

思わずアルウィンのほうを見ると、まだ働いているね、と言わんばかりに「にゃあ」と鳴いた。

厨房に行って蜂蜜入りのホットミルクを二人分作ってもらう。アルウィンも興味津々だったが、猫は牛乳を飲むとお腹を壊してしまうと聞いていたのでお預けだ。

従僕が運ぶと申し出てくれたものの、少し話したいと思って、私が運ぶことにした。

クラウスの部屋の前で、ハッと気付く。両手が塞がっているので、扉を叩けない。

どうしようかと考えていたところ、アルウィンが扉を爪でカリカリ掻いてくれた。

すぐに、扉が開かれる。

「アルウィンかと思ったら、違う猫だったか」

「わたくしは猫ではありませんわ」

本当に猫だったら、どれだけ自由気ままで幸せだったか。アルウィンの暮らしを見ていると、たまに羨ましくなるくらいだった。

アルウィンは私よりも先に部屋へ入り、クラウスが座っていた執務用の椅子を陣取る。

ここは仕事をするだけの部屋なので、他に椅子はない。

仕方がないので、クラウスと共に窓辺に腰かけてホットミルクを差し出した。

「なぜ、ホットミルクなんだ？」

「ラウ様を寝かせようと思いまして」

そろそろおねむの時間だと言うと、盛大なため息とともにカップを受け取ってくれた。

「ご実家のお仕事、大変ですの？」

「いや、これは鉄騎隊の報告書だ」

なんと、クラウスは鉄騎隊の隊長を一年前から務めているのだという。

鉄騎隊は彼を含め、五名で構成されている少数精鋭らしい。

「頭が痛くなるような情報が届いたから、どうしたものかと考えていた」

「でしたら、ホットミルクは最適でしたね」

ホットミルクには心を落ち着かせる作用があると、昔乳母が話していたのだ。

クラウスはホットミルクを飲み、険しい表情で「甘ったるい」と呟《つぶや》く。

鉄騎隊の内部情報については聞かないようにしていたのだが、クラウスは私に報告書を手渡す。

そこには、信じがたいことが書かれていた。

シュヴェールト大公家の秘宝レーヴァテインの複製品《レプリカ》が、裏社交界の闇オークションに出品されるという。

まさか本物のレーヴァテインが盗まれているのではないか、本物を見せてくれと鉄騎隊の隊員が言ったところ、複製品など知らないと追い返されてしまったらしい。

「闇オークションは明日の晩開催される。裏の伝手《つて》を使って招待状を入手しているのだが、同伴者が必要だ」

クラウスはじっと私を見つめる。

ここで、彼が鉄騎隊の内部情報について話した理由を察した。

「わたくしが同行すればよいのですか？」

「そうだ」

鉄騎隊に女性はいないようで、どうしようかと頭を悩ませていたらしい。

「他の隊員は、屈強な男ばかりだ」

そのため、クラウスが女装したほうがいいのではないか、という声が上がっていたらしい。

「しかし、ラウ様もなかなか屈強に思えるのですが」

「他の隊員に比べたら華奢《きゃしゃ》に見えるだけで、女装したら目も当てられないような姿になっただろう」

以前、賭博場に潜入したときの私の堂々としすぎていた振る舞いを思い出し、任務の相棒として抜擢《ばってき》してくれたようだ。

「レーヴァテインを落札するためだったら、いくらでも使っていいらしい」

支払ったお金は、闇オークションを摘発するのですぐに取り返す予定だという。

「この世にひとつしかない、一族の宝を複製するのは禁じられている。本物であっても、シュヴェールト大公家から盗み出したことになるから、どちらにせよ罪になる」

知らぬ間にとんでもない事態になっていたものだ。ホットミルクを飲んで、心を落ち着かせる。

「明日は頼む」

「お任せください」

そんなわけで、明日の晩は裏社交界の闇オークションに参加することとなった。

◇◇◇

変装をするため、夕方から準備が始まる。

濃紺色の波打った長い鬘《かつら》に、胸が大きく開いたサファイアブルーのドレスを合わせた。

化粧は濃い目にして、普段と異なる印象に仕上げてもらう。

一方で、クラウスは灰色の鬘に口髭を付け、エナメルブルーの燕尾服姿で現れた。

とある富豪の名義を借りているようで、姿も本人に似せて装ったという。

私はその富豪の愛人役というわけだ。

「相変わらず、上手く変装できているな」

「侍女達の腕が素晴らしかったので」

化粧映えする顔だと言いたいのだろうが、侍女の手柄にしておいた。

「私達の周囲にいる参加者は、鉄騎隊の者達だ。だから何かあっても、心配いらない」

騎士隊の者達も会場周辺に配置されているようで、すでに摘発する準備はできているようだ。

「昼間、ゲレオンに会ってレーヴァテインを見せるように言ったのだが、拒否された。おそらく、盗まれたのを隠したいのだろうな」

「そうでしたのね。しかし、いったい誰が持ち出したのか」

「ゲレオンではないことは確かだ」

レーヴァテインが盗まれて、焦っているように見えたという。

闇オークションに出品されるレーヴァテインは本物だろう、とクラウスは確信しているようだ。

「さあ、行こうか」

最後に仮面をつけてクラウスが差し出した手に、そっと指先を重ねる。

レーヴァテイン奪還作戦が開始された。

コルヴィッツ侯爵夫人とアルウィンの見送りを受けつつ、私達は闇オークション会場へと移動した。

王都の郊外にある、湖のほとりにあるお屋敷——ここで、表のオークションでは取り引きされないような品の売買が行われているようだ。

出品されるのは、盗品であろう宝飾品に絵画、壺《つぼ》や銅像などの美術品に加え、最近は隣国から連れてきた奴隷の取り引きもしているのではないか、という噂が流れているという。

鉄騎隊でも調べているようだが、まだ尻尾《しっぽ》は摑めていないらしい。

王都からやってきた馬車が、次々と到着している。

いったい誰が参加しているのか、というのはよくわからない。というのも、参加者には仮面の装着義務があるからだ。

私はなるべくクラウスに密着し、愛人に見えるように振る舞っておく。彼の隣に立ち、身を寄せていると落ち着かない気持ちになるのだが、今は平然と見えるように装った。

屋敷内は案外明るい。以前の賭博場のように、薄暗い中でコソコソ行われているものだと思っていた。

参加者は百名前後だろうか。あまり大々的にはできないのだろう。

広間には座席が用意され、案内された椅子に腰かける。ドキドキしながらオークションの開始を待った。

入場から一時間ほどで、オークションは開始される。

司会役らしい燕尾服の男性がやってきて、ウィットに富んだ会話で会場の雰囲気を和やかなものに変えていった。

闇オークションというくらいなので、もっと殺伐とした雰囲気を想像していた。

「では、ひと品目から、開始します」

最初に出品されたのは、所有者が次々と非業の死を迎えるという、呪われたダイヤモンドの首飾り。

大粒のダイヤモンドは、ゾッとするくらい美しい。こんな品を買う物好きなんているのか、謎でしかなかった。

「贈り物にいかがでしょうか？　金貨百枚からスタートです！」

闇オークションは希望する入札価格を叫ぶのでなく、司会が読み上げる金額で購入したい者のみ、手元に置かれた札を上げるだけの仕組みらしい。

金貨百枚の値が付けられたダイヤモンドの首飾りには、ざっと五十名ほどの札が上がった。

ここから、値段がつり上がっていくというわけだ。

「金貨百五十枚……百七十枚……金貨二百枚‼」

どんどん値段が上がるにつれて、札は下げられていく。そんな中で、二名分の札がずっと上がったままだった。

最終的に、ダイヤモンドの首飾りには金貨千八百枚の値が付く。

庶民の年収が金貨十二枚ほどなので、恐ろしい値が付いたものだと震えてしまった。

「続いての商品はこちら！」

ふた品目は所持していると必要のない縁を勝手に切ってくれる絵画だという。

「この絵を家に飾っていると不思議なことに、気に食わない相手が行方不明になったり、突然死してしまったりと、次々と姿を消すようです。金貨二百枚からのスタートになります」

ひと品目同様、出品される商品は物騒なものだった。

クラウスが、懐に入れていた手帳サイズの出品カタログを見せてくれた。

ラインナップはどれも呪われた品のようで、その中にレーヴァテインも掲載されている。

最初のページに、今回のテーマは〝呪い〟とはっきり書かれていた。

これに高値を付けて欲しがる人が多数いるというのが、なんとも呆れた話だと思ってしまう。

それにしても、まさかレーヴァテインが呪われた美術品の仲間入りをしていたとは。

以前、継承者以外がレーヴァテインに触れると、斬りつけられるという話をクラウスがしていた。

その辺が由来なのかもしれない。

闇オークションが始まって二時間ほど経っただろうか。たったそれだけで、信じられないくらいの金額が動いていた。

次の商品が最後だという。

「今回の目玉！　シュヴェールト大公家に古くから伝わる最強の剣、レーヴァテインをご紹介します！」

ついに、レーヴァテインの出番がやってきたようだ。

漆黒の鞘《さや》に収められた、美しい剣――あれがレーヴァテインのようだ。

クラウスは私にぐっと接近し、耳元で囁く。

「どうやら本物のようだ」

クラウスは一度だけ、レーヴァテインを見たことがあったらしい。

なんでも剣から特別な波動のようなものが発せられていて、クラウスはそれを感じられるようだ。

「こちらの剣、シュヴェールト大公家を継承すべき者以外が触れると、襲いかかってくるという特性がございます」

それを証明すると言って連れてこられたのは、とある組織の裏切り者だという。

手足が縛られた状態でやってきて、レーヴァテインの前で背中を強く押された。

レーヴァテインのほうへ倒れ込む形となった男は、剣に覆い被さってしまう。

すると、ひとりでに剣が鞘から抜き出され、一回転した。

「ぎゃあああああ‼」

男はレーヴァテインに斬りつけられたようだ。

レーヴァテインが斬りかかる瞬間、クラウスは私の目を手で覆った。そのため、悲痛な叫び声しか聞こえなかった。

すぐに絶命してしまったらしい。遺体は回収されたようで、何事もなかったかのようになる。

人が死んだというのに、周囲の人達はショックを受けるどころか、興奮しているようだった。人の死すら、パフォーマンスのように楽しんでいるのだろう。

「このレーヴァテイン、ここに運ぶまで、十五名の尊い命を犠牲にしました。多くの血を吸っている、正真正銘の、呪われし剣なのです」

クラウスは膝に置いた手をきつく握りしめていた。

シュヴェールト大公家が大事に保管していたレーヴァテインをそのように言われ、腹立たしく思っているのだろう。

「落札後も、ご自宅まで運ぶ人員を三十名用意しております！　レーヴァテインに斬られることはございませんので、ご安心を」

さらに、二回までならば運び出す人員を手配してくれるという。

至れり尽くせりというわけである。

「それでは、こちらのレーヴァテイン、金貨千枚からスタートします！」

想像以上の高値スタートであった。

クラウスはすぐさま札を上げる。彼以外にも、数名の入札希望者がいた。

「金貨千五百枚……二千枚……二千五百枚！」

上がる金額も桁違いである。ひとり、ひとりと下げられていく中で、上がった札はふたつだけとなった。

片方はクラウス、もう片方は鳥の嘴《くちばし》が付いた変わった仮面を装着した男性である。

「三千枚……三千五百枚……四千枚！」

お互いに引かない。どうしても欲しいようだ。

「六千枚……七千枚……一億！」

ここで、ようやく相手の札が下がったようだ。

すぐさま、クラウスが耳打ちする。

「どうやら一億まで上げるための、主催者側が仕込んだ偽客がいるようだ」

クラウスは仮面に触れ、何か合図のような仕草をする。

偽客をマークするよう、仲間に知らせたのだろう。

「それでは、こちらのレーヴァテインは、後日落札者様のご自宅に送るということで！」

「いいや、ここで受け取ろう」

「は、はい？」

クラウスはずんずんとレーヴァテインに接近し、手を伸ばす。

司会の男性は目を覆っていたようだが、鞘を握っても何も起きない。

クラウスは剣を掲げ、叫んだ。

「ここにいる者達を、全員拘束しろ!!」

それを合図に、騎士達が会場へと押しかけた。

クラウスはレーヴァテインを競り合った偽客のもとへ駆け寄り、拘束していた。

他の鉄騎隊の隊員らしき人達は、オークションに出品された品の落札者を取り押さえている。

私は鉄騎隊の隊員の同伴者と共に、安全な場所へ案内された。彼女らは騎士隊の隊員達だったらしい。

押し入ってきた騎士を前に、逃げる者、大人しく拘束される者、持ち歩いていた凶器を振り回し抵抗する者と反応はさまざまである。

参加者は次々と拘束され、連行されていた。

一時間ほどで事態は収拾し、会場は静寂を取り戻した。

女性騎士達に守られた私を、クラウスが迎えにやってくる。

「ご苦労だった。もう大丈夫だから、本隊に合流してくれ」

女性騎士達は敬礼し、私に向かって一礼すると去っていった。

クラウスの右手にはレーヴァテインが握られている。

「ラウ様、そのレーヴァテインは本物――」

問いかけた瞬間、強い眠気を覚える。意識が遠のいたのと同時に、ある光景が脳裏に浮かんだ。

それは、オークション会場の天井を突き破り、クラウスを襲撃する者の様子だった。

クラウスは脳天を強く打ち、大量の血を流しながら倒れてしまう。

これは――予知夢!?

「エル!?」

ふらついた私を支えるために接近したクラウスを、思いっきり突き飛ばした。

「なっ――――!」

同時に、私とクラウスの間に天井から人が落ちてきた。手には棍棒《こんぼう》が握られている。

勢いに乗じて、クラウスの頭を殴打するつもりだったのだろう。

攻撃は外れ、空振りのまま床に着地する。

私に突き飛ばされ、体の均衡を崩したクラウスに男は襲いかかった。

クラウスはレーヴァテインの鞘で振り下ろされた棍棒を受け止め、体を捻って距離を取る。

黒衣の男は棍棒をクラウスのほうへ投げ、腰に佩《は》いていた剣を引き抜いた。

クラウスは棍棒を叩き落とすと、柄を握り、レーヴァテインを引き抜く。美しい銀色の剣が、露《あら》わとなった。

黒衣の男が剣で斬りかかってきたが、レーヴァテインが受けると真っ二つになる。

隠し持っていたナイフを手にした瞬間、腕が吹き飛んだ。

振り下ろされたレーヴァテインは、流れ星のように煌《きら》めいていた。

実力の差は歴然である。

新たに騎士達が駆けつけ、黒衣の男はあっという間に拘束された。

クラウスの顔に血が付着していたが、あれはおそらく返り血だろう。

ホッとしたのも束《つか》の間のこと。

喉に熱いものがこみ上げ、咳き込んでしまう。口に当てたハンカチは真っ赤に染まった。

これは、未来を変えた代償だろう。立っていられなくなり、その場に頽れる。

私の異変に気付いたクラウスが駆け寄ってきた。

「エル、大丈夫か⁉」

「わたくしは平気です。それよりも、ラウ様は？」

「私のことなどどうでもいい。いったい何があった？」

「いえ、これは、その、精神的な負荷による、吐血、かと」

そう口にした瞬間、クラウスはレーヴァテインを腰ベルトから吊るし、私を横抱きにする。

あとのことは残った鉄騎隊の隊員に任せ、外に待たせていた馬車に乗った。

向かった先は、イェンシュ先生がいるミミ医院だ。

すでに閉まっているミミ医院の扉を猛烈に叩くと、中に灯りが点《とも》される。

寝間着姿のイェンシュ先生が顔を覗かせた。

「どうかなさったのですか？」

「エルが血をたくさん吐いた。診てくれ！」

「ああ、それは大変でしたね」

イェンシュ先生は嫌な顔をひとつも見せずに、私達を中へ入れてくれた。

「エルーシアさん、もう大丈夫ですよ」

その言葉に安堵してしまったのか、私は目を閉じる。そのまま意識を手放してしまった。


翌日の朝――私はすっきりと目覚める。一晩休んだら、元気になっていた。

すぐ近くに、レーヴァテインを胸に抱いて眠るクラウスがいたのでギョッとする。

「あの、ラウ様？」

「――ッ！」

カッと目を見開き、鋭い目で私を見る。病人に向ける眼差しではなかった。

「傍にいてくださったのですね」

「ああ」

クラウスはコルヴィッツ侯爵邸に戻らず、私の傍にいてくれたらしい。

「あの、もう大丈夫ですので」

「大丈夫なわけあるか」

オークション会場で衝撃的な場面を目にしたので、大きなショックを受けてしまった。それにより、胃に負担がかかって血を吐いてしまったのだろう、とイェンシュ先生は診断してくれた。

他に異常はないので、調べようがないのだろう。

「エルを任務に付き合わせてしまった私が悪い。深く反省している」

「いいえ、どうかお気になさらずに」

あのとき、予知夢をみていなかったら、クラウスを助けることなどできなかっただろう。ついて行ってよかったのだ。

「ラウ様、わたくし、このままお家に帰れますの？」

「ああ、帰ることはできる」

「でしたら、ラウ様、一緒に帰りましょう」

腕を伸ばし、小首を傾げる。暗に、抱っこしてくれと要求したのだ。

クラウスの命を助けたので、これくらい甘えてもいいだろう。

「なんだ、それは？」

「抱っこです」

「歩けないのか?」

「歩けますけれど、ラウ様に甘えたい気分なだけです」

少しだけ、困った表情を浮かべる彼が見たくなった、という気持ちもある。

クラウスは顔を背け、はーーと深いため息を吐く。

そんな彼の耳が、少しだけ赤く染まっているように見えるのは気のせいではないだろう。

照れている。あのクラウスが、抱っこをせがまれて照れているようだ。

「ラウ様、早く。コルヴィッツ侯爵夫人も心配しているでしょうから」

「わかった」

クラウスは私を抱き寄せ、しばし固まる。

早く抱き上げてほしいのだが。抱き合っているような体勢は、私も照れてしまう。

「あの、ラウ様?」

「無事で、よかった」

消え入りそうな声を聞いてしまい、思わず抱き返す。

彼の耳元で、私は囁いた。

「心配をおかけしました」

言葉を返すように、クラウスは私を抱く腕に力を込める。

もう二度と、彼に危険が迫らないように、と心の中で祈ってしまった。

レーヴァテインはクラウスがしばらく保管しておくよう、国王陛下から命じられたらしい。継承者以外が触れたら斬りつけてくる剣など、危険すぎて管理できないからだろう。

これまでレーヴァテインはシュヴェールト大公家にある宝物庫《ほうもつこ》に厳重に保管されていたようだが、盗まれてしまった。

そのため、クラウスが常に持ち歩いて管理するようだ。

レーヴァテインには黒い布が巻き付けられ、美しい鞘や柄は見えなくなってしまった。ひと目でそうだとわからないようにしたのだろう。

レーヴァテインは当主となる者にしか引き抜けない、という話だった。それなのに、現在の当主であるゲレオンは抜けず、クラウスが抜いてしまった。

ゲレオンではなく、クラウスのほうが当主としてふさわしいと、レーヴァテインが判断している、ということになるのか。その辺もよくわからない。

何はともあれ、黒い剣を佩いて歩くクラウスは、これまで以上に悪魔公子の名がお似合いになってしまったというわけだ。

◇◇◇

闇オークションの摘発から一週間後、クラウスと私は国王陛下に呼び出されてしまった。

事件について話を聞きたいようだが、私は気が気でなかった。

王城行きの馬車に乗りこむと、市場に売られていく仔牛《こうし》のような気持ちになってしまう。

「エル、どうした？　具合でも悪いのか？」

「いいえ、具合が悪いのではなく――」

ばくん、ばくんと胸が激しく脈打っている。

口の中はカラカラで、手の震えが止まらない。これは極度の緊張という一言で片付けていい状態ではないだろう。

「今回、陛下にお目通りが叶うということで、その、ヒンドルの盾の紛失について、ご報告したほうがいいのでは、と思っておりまして」

私の言葉を聞いたクラウスは、ため息を返した。

「それは言わなくてもいい。シュヴェールト大公家がレーヴァテインを失った話とは事情が異なる」

「しかし、今現在、シルト大公家にヒンドルの盾がないことは確かなんです」

「それでも、わざわざ言う必要はない」

本当に言わなくてもいいのか。もうずっと、良心の呵責《かしゃく》に苛《さいな》まれているのだが。

「ヒンドルの盾については、私が話題にあげるとき以外話すな。しばらくの間は、忘れておけ」

「で、ですが」

「心配しなくていい。かならず、どこかにあるはずだから」

クラウスは珍しく、優しい声で言葉を返す。表情も、どことなくやわらかかった。

こんなふうに言われてしまったら、これ以上食い下がれない。

「わかりました」

クラウスはいい子だ、と言わんばかりに深々と頷いた。

「それはそうと、なぜわたくしまで陛下に呼ばれたのでしょうか?」

「それは——わからない」

クラウスは顔を逸らし、窓の外を見つめる。

おそらく、私が呼ばれた理由についてなんとなく察しているものの、認めたくない、とでも考えているのか。

最近、一緒に過ごす時間が増えたからか、口数が少ないクラウスの言わんとしているところがわかるようになっていた。

国王陛下がどういう目的で私を呼び出したかは——もうすぐ判明するのだろう。

王城にある謁見の間では、国王陛下が玉座に腰かけていた。そんな国王陛下の前に、クラウスと私は片膝をつく。

鉄騎隊の活動についての報告なので、人払いがされていた。静かな中で、国王陛下はクラウスに声をかける。

「クラウスよ、先日の闇オークションでの摘発、誠に見事だった」

「もったいないお言葉でございます」

国王陛下は私のほうを見つめ、淡い微笑みを浮かべる。

「エルーシア・フォン・リンデンベルク——そなたもすばらしい活躍を見せたようだな」

「わたくしは――」

いったい、何をしたというのか。いまひとつピンときていないことがバレてしまったのか、国王陛下は補足する。

「天井から落下し、攻撃を仕掛けてきた者から、クラウスを守ったようだな」

まさか、そんなことまでしっかり報告していたなんて。

「ぐ、偶然ですわ」

「そうだろうか？　以前も、賭博場でクラウスを狙った攻撃から回避させた、という話を聞いていたのだが」

二回、同じ奇跡は起きないだろう。

私は予知夢の力をもって、クラウスを助けたのだから。

以前、クラウスにやんわりと不思議な能力があると話していたが、国王陛下にはそこまで報告していなかったようだ。

「そこで、提案があるのだが、エルーシアよ。そなたも鉄騎隊の一員にならないか？」

「わたくしが、ですか？」

「ああ、そうだ」

潜入調査が多い鉄騎隊の任務に、女性が必要ではないのか、という話は度々出ていたらしい。けれども、他の隊員の能力に見合う女性がおらず、話は先送りにされていたようだ。

「そなたならば、クラウスとも相性がいいようだから」

「陛下、彼女は体が弱く、任務の同行は難しいです」

「何か持病を抱えているのか？」

「それは――」

クラウスの前で何度か血を吐いていたものの、持病は特にない。健康そのものである。

けれども酷い吐血なので、クラウスは心配してくれたのだろう。

国王陛下より「医者の診断書はあるのか？」と聞かれ、言葉に詰まっていた。

まさか、私が鉄騎隊に抜擢されるなんて、想像もしていなかった。

光栄だし、クラウスの役に立てるのならばこれ以上の嬉しいことはないだろう。

「陛下、喜んでお受けします」

「エル!?」

クラウスが責めるような視線を私に向けていたが、無視を決め込む。

これまで何度も予知夢の力を利用し、未来を変えてきた。そんな私の命はそれほど長くないだろう。

役に立たないまま生き長らえるよりも、クラウスの助けになりたい。

鉄騎隊に所属していたら、能力を発揮できるだろう。

思い通りに予知夢をみられない点は懸念すべきことであるが。

「そうか、そうか。喜ばしいことだ」

国王陛下の背後から、ひとりの臣下がでてくる。手には盆を持っていて、その上に鉄騎隊の隊員であることを示す銀の懐中時計《かいちゅうどけい》が置かれていた。

「エルーシア・フォン・リンデンベルク、そなたを鉄騎隊の一員として任命する」

懐中時計を受け取り、深々と頭を下げる。

王命をもって、私は鉄騎隊の一員となった。

おそらく、クラウスは私が鉄騎隊の隊員に選ばれることを予測していたのだろう。

隣で膝をつく彼の、不服だという空気をびりびりと感じてしまう。

足を引っ張らないようにしなくては、と心の中で誓った。

「次に――」

その言葉を発した瞬間、扉が開かれ、次々と臣下が入ってくる。

これまでは秘密の話だったが、これから話すことはそうでないからなのか。

全員揃ったところで、話を再開する。

「シュヴェールト大公家のレーヴァテインについてだが」

なんでも、国王陛下は騎士を使ってある調査をさせていたらしい。

それは、レーヴァテインを盗み出したのは誰か、というものだった。

「現当主であるゲレオンは、最後までレーヴァテインの紛失を認めようとしなかった」

シュヴェールト大公家の宝であるレーヴァテインを失《な》くしたとなれば、面目を損なってしまう。そのため、認めようとしなかったのだろう。

最終的に騎士は国王陛下の命令の下、宝物庫を調べた。

レーヴァテインは当然なく、ゲレオンは管理責任を問われることとなった。

「ゲレオン・フォン・ヤード・ディングフェルダーのシュヴェールト大公位を剝奪した」

私がみた予知夢では、ゲレオンは人妻と逃避行していたのだが……。

ひとつ未来を変えてしまえば、連動するように他の人の未来も変えてしまうのだろう。

「よって、クラウス・フォン・リューレ・ディングフェルダーをシュヴェールト大公に任命する！」

クラウスが大公に⁉　思わず彼を見るが、険しい表情を浮かべていた。

クラウスは驚いていなかったので、これもある程度は予想していたのかもしれない。

臣下達も、実に落ち着いていた。

新たなシュヴェールト大公について、事前に通達されていたのだろう。

それにしても、驚いた。

ゲレオンの爵位が剝奪されたとなれば、次に継承するのは三男のヨアヒムである。

彼を飛ばしてクラウスがシュヴェールト大公を継承した理由は、レーヴァテインを引き抜き、使いこなしてしまったからに決まっている。

「新たなシュヴェールト大公に、拍手を送ろう！」

歓声と共に、拍手が巻き起こる。

クラウスがシュヴェールト大公を継承するというのは、決定したことらしい。

拒否権など与えなかったようだ。

以前、爵位の継承についてクラウスと話したときは肯定的だった。けれども事件に乗じて、このように継承するとは思っていなかったのだろう。

クラウスは複雑な表情で受け止めていた。

国王陛下の謁見は以上であると宣言され、臣下達はすぐにいなくなった。

再度、人払いされた状態で、国王陛下がクラウスに言葉をかける。

「クラウス、何もかも押しつけてしまったな」

「いいえ、これがシュヴェールト大公家に生まれた者の、責務ですので」

クラウスは深々と頭を下げ、謁見の間を辞する。私もあとに続いた。

長い長い柱廊を歩く中、クラウスは一度だけ私を振り返り、中庭を指差した。

寄り道をしたいだなんて珍しい。

初夏を告げるようなアイリスの花が美しく咲く中を、クラウスは先陣を切ってずんずん歩いていく。

その先に、東屋《ガゼボ》があった。鳥かごのような意匠で、大理石の椅子とテーブルが置かれていた。

「疲れただろう？　少し休め」

「はい、ありがとうございます」

私を休ませるためにここへと導いてくれたようだ。

クラウスは座らずに、腕組みをして立っている。まるで、私を監視する役割を担った者のようだ。

思い詰めた表情で私を見つめながら、話しかけてくる。

「エル、やめるならば今しかない」

「やめるというのは？」

「結婚と鉄騎隊について、だ」

何を今さら言っているのか。鉄騎隊は国王陛下より任命されたもので、結婚はそもそも止めるつもりなんかない。

「わたくしはこれからも、ラウ様――いいえ、クラウス様の傍にい続けるつもりです」

彼は私の運命を切り開いてくれた。その恩を、命をもって返したいのだ。

「後悔しないいな？」

「しません」

「ならば――」

何を思ったのか、クラウスは私の前に片膝をつく。

手を差し伸べてきたので、意味もわからずに指先をそっと重ねた。

「私はこの先、命が尽きるまで、エル――エルーシア・フォン・リンデンベルクを守ることを誓う」

クラウスは宣言と共に、口づけを指先にそっと落とした。

これは、騎士の生涯の誓いではないのか。国王陛下への忠誠にも勝る、絶対的な誓約だ。

騎士が生涯愛する女性へ約束するものとして、ロマンス小説などで登場するばかりであった。実際に恋人へ誓ったという話は、何百年と知られていない。

「なっ、クラウス様、これは……困ります」

「もう誓いを交わしてしまった。悪魔公子と呼ばれていた私を選んだ、お前が悪い」

すでに、クラウスは悪魔公子ではない。爵位を継いだので、悪魔大公になったのだ。

私と手を繋いだまま、立ち上がってニヤリと笑う。

その表情は、悪魔の微笑みとしか言いようがない。

「ど、どうして、このような誓いをなさったのですか？」

「エルーシアは何度も、私の命を守ってくれた。それに報いないと、気が済まないから」

まさかの理由に頭を抱える。

この誓いを交わしてしまったら、私が死んでしまったあと、再婚なんてできない。生涯、独り身でいないといけないのだ。当然、愛人を迎えるなんてもっての外だった。

契約によってふたりの魂同士は結びつき、より強固な関係を築いてしまう。それが騎士の生涯の誓いであった。

「実を言えば、契約はこれで終わりではない」

「え？」

そういえば、と思い出す。

ロマンス小説に書かれてあった騎士の生涯の誓いは、指先に口づけをするだけではなかったのだ。

クラウスは獲物を前にした肉食獣のような目で、私を見つめていた。

そんなふうに見つめられたら、逃げたくなってしまうだろう。

思わず回れ右をし、庭を一直線に駆けていく。

アイリスの花壇の向こう側は、ポピーの花畑となっていた。

クラウスが追いかけてくるのがわかり、必死で走りぬける。

しかしながら、すぐに捕まってしまった。

クラウスは私の腕を取る。勢いあまって転んでしまった。てっきり受け止めてくれるかと思ったのに、クラウスも一緒になってポピーの花畑を転がっていく。

ポピーの花びらまみれになったクラウスを、押し倒す体勢になってしまった。

「エルーシア、〝誓い〟はしたくなかったのか？」

「いいえ、そういうわけではなく、わたくしを見つめるクラウス様の目が怖かったものですから」

「逃げるな」

クラウスは私の両手をしっかり取り、燃えるような強い眼差しを向けている。

私は彼を選んだ。同じように、彼も私を選んでくれたのだろう。

ならば、彼にできることをしたい。

ゆっくり顔を近づけ、そっと啄《ついば》むようなキスをした。

これをもって、誓約は確かなものとなったのだ。

クラウスは驚いた表情で私を見上げている。離れようとしたら、強く抱きしめられた。

ポピーの花に埋もれながら、私達は二度目のキスをした。

心が震える。こんな感情を抱くのは、生まれて初めてだった。

私は、クラウスのことが好きなのだ。今になって気付く。

彼と一緒ならば、明るい未来が築けるはずだ。

生きている限り、彼の傍から離れないようにしよう。

そう、誓ったのだった。

下巻に続く

クラウスが見つけた〝光〟

幼少時代から悪魔のようだ、と他人から誹《そし》りを受けることが多かった。

黒い髪に赤い瞳を持って生まれたのが大きな理由だが、私の出産と引き換えに母が亡くなったことも、悪魔だと囁かれる大きな所以だったのだろう。

ただ目が合っただけでも呪われるだの、縁起が悪いだのと言われる始末だった。

そのため、物心ついた頃から他人と目線を合わせず、気配をなるべく薄くし、怖がらせないように努めていたように思える。

そうこうしているうちに感情が薄くなり、他人や物事に対して強く興味を引かれるということもなくなっていった。

しかしながら、貴族の家系に生まれたからには、ただただぼんやり生きるわけにはいかない。

温かい食事、流行の服に、暑さや寒さを感じない家——幼少期より恵まれた環境に身を置いているからには、それらに報いるような行動を取る必要がある。

大いなる恩恵には、大いなる責任と義務が伴うのだ。

自分も何かしなければならない。そう思い立って父に相談したところ、騎士になればいい、と助言してくれた。

我が家系は最強の剣レーヴァテインを所有する一族である。

多くの騎士を輩出する家系でもあった。

騎士になるため家から独立し、剣の修業に明け暮れ、従騎士となった。

しかしながら——三年もの月日を経た結果、〝不適合〟という烙印《らくいん》を押されてしまう。

剣術は問題なかったように思える。正騎士相手でも、負けることはなかったから。

他の騎士に逆らった覚えなど一度もないし、従騎士仲間とももめごとを起こさなかった。

けれども騎士としてふさわしくない、と言われたのならば受け入れる他ない。

騎士隊でも悪魔のようだと言われ、恐れられていた。騎士隊としても、私がいないほうが上手くいくのだろう。

何も言わずにすんなり受け入れたら、上官から「そういうところがダメなんだ」とぼやかれてしまう。いったいどういう意味なのか。わからないでいたら、丁寧に説明してくれた。

なんでも騎士としてもっとも重要なのは、〝仲間を大切にする心〟だと言う。

騎士は隊列を組み、周囲と息を合わせて任務をこなしていかなければならない。

上手くやっていくには、協調性が必要だった。

私にはそれがまったくない、と指摘された。

剣の腕前は相当なものだが、周囲と上手くやれない者がひとりでもいたら、騎士隊の調和が乱れる。

木箱の中に腐った果実があると、箱全体に腐敗が広がっていくのと同じだと言われてしまった。

そんな評価を受けても、怒りや悔しさなどまったくない、というのも問題らしい。

強い感情を抱いても、精神が疲弊するだけだ。それならば、何も思わないほうがマシだ。

将来の道を断たれ、どうしようか考えていたところ、国王陛下より鉄騎隊の隊員として任命を受けた。

鉄騎隊というのは近衛騎士よりも国王陛下に近しい位置に侍る騎士の名称だとか。

集団で任務を遂行する騎士とは異なり、単独で行動するようだ。

国内唯一の秘密組織らしく、活躍しても一生賞賛を浴びることはないという。

国王陛下の栄光の影を生きるような存在だと言われ、自分にぴったりだと思った。

騎士隊で不適合のレッテルを貼られてしまったが、鉄騎隊には驚くほど適合できた。

相変わらず暗闇の中を歩いているような人生だったが、任務を着実にこなし、問題なく日々は過ぎていった。

四年後——十七歳になった春に、鉄騎隊の隊長に任命された。生まれて初めて父親から褒められたような気がしたものの、特に何も感じなかった。

このまま流れるように人生が過ぎ、あっという間に白髪の老人となるのだろう。

そう思っていたのに〝彼女〟に出逢《であ》ってしまった。

ただの〝エル〟として邂逅《かいこう》した日は「変な女だ」としか思わなかった。

所作から貴族令嬢だということがわかるが、まともに護衛を付けずに治安が悪い下町を歩き回っていたのだ。

上品な態度や言葉遣いで、上級貴族の娘であることは明白だった。

それなのになぜ？　という疑問があったものの、下町を警戒心もなくのこのこほっつき歩く貴族令嬢なんぞ、ワケアリでしかないだろう。

彼女は不思議なことに、私をまっすぐ見つめながら平然と話す。

黒い髪に赤い瞳を持つ男が怖くないのか。

世間知らずのお嬢様だから、悪魔の存在なんて知らない可能性もある。そうに違いない。

彼女の空色の瞳はどこまでも澄んでいて、雲ひとつない夏の晴天のようだった。

見つめていると吸い込まれそうで、思わず顔を逸らす。こんなことなど、生まれて初めてだった。

絶対に深く関わらないでおこう。そう思っていたのに、鉄騎隊の任務に彼女が絡んできたのだ。

まさかの再会を果たしたその日から、彼女との不可解な縁が続いたように思える。

流行病の慈善事業に関わり、寄付金を悪用しているという情報を耳にしたときは、嘘だろうと思った。

あの能天気で無害、欲がないように見える娘が、そのような悪行を働くわけがない。ただ、火のない所に煙は立たないとも言う。

調査した結果、彼女は騒動に関わっていたものの、犯人は別にいた。

事件の解決に一役買っただけでなく、私を守るような言動を取ったのだ。

彼女に借りができてしまった。なんとなく、弱みを握られたくなかったのだが……。

その借りを、まさかの形で返せと言われる。

本当に信じがたいことなのだが、彼女は私と結婚するように懇願してきたのだ。

理解できずに、即座に断った。

ショックを受けた表情を浮かべる彼女を馬車に乗せ、家に帰らせた。

いったいなぜ、私なんかと結婚を望んだのだろうか？

好意を抱いたからではないことは確かと言えるだろう。それ以外の理由とは？

いくら考えてもわからなかった。

ずっと目を背けていた彼女についての調査を本格的に始める。

エルことエルーシア・フォン・リンデンベルクは、シルト大公の娘だった。

その情報が判明しただけでも、調査を断念したくなった。

我らが一族とシルト大公家は長きにわたって犬猿の仲にあった。

何か問題を抱え、結婚を申し込んできたに違いない。けれどもこれ以上関わるのは危険な相手だ。

ただでさえ、私を物怖じしないように見つめる空色の瞳に、抗《あらが》えなくなっているような気がしていたのだ。

もう調査するのは止めよう。そう決めたのに、街中で再会してしまった。

彼女は血で汚れたボロボロの白いドレスを持ち、供を付けずに歩き回っていたようだ。

明らかに、何かしらのトラブルに巻き込まれ、どうにかしようと行動を起こしている最中だろう。

深く考えずに彼女の手を取り、祖母の家に連れていっていた。

祖母は王妃殿下の元針子で、ドレスもどうにかしてくれるだろうという確信があったのだ。

面倒見のいい祖母の傍にいたら、悪いようにはならない。あとのことはすべて祖母に任せ、彼女を屋敷に置き去りにした。

祖母は彼女が抱える事情を言葉巧みに聞き出し、保護することに決めたようだ。

彼女が受けていた仕打ちは、想像していたよりも酷いものだった。

母親が亡くなり、父親が再婚し、継母と継子に虐げられていたのだと言う。

手は水仕事をやっていたのかボロボロで、背中には鞭打ちされたような酷い傷痕があったようだ。鞭打ちの傷は最近できたもののようで、やっと瘡蓋《かさぶた》ができて治りつつある段階だったらしい。

彼女が私に結婚してほしいと懇願したのは、実家から逃げるためだったのだろう。

シルト大公と敵対しているシュヴェールト家の者と結婚したら、連れ戻されることもないと判断したのかもしれない。

そうとは知らずに、彼女の申し出を無下にしてしまった。

事情を把握していたら、結婚はさておき、保護するくらいはできたのに。

今さら悔いても意味はない。私が今できるのは、彼女と婚約を結ぶことだけだろう。

幸い、祖母は彼女を気に入り、後見人になってもいいと言っていた。

あとは彼女がまだ、私との結婚を望んでいるか確認しなければならなかった。

ただ、一度断っておいて、「私と結婚したいのか？」なんて聞けるわけがない。

何度か話す機会があったのに、躊躇《ためら》ってしまった。

彼女を前にすると、どうしてか言いたいことが言えなくなるのだ。

祖母に頼まれて、彼女のデビュタント・ボールに付き合うはずが、急ぎの用事を国王陛下に頼まれてしまった。

いつもならば仕方がないと片付けるのに、今回ばかりはどうしても参加しなければと躍起になる。

その結果、身なりは整えられなかったものの、デビュタント・ボールには間に合った。

彼女は婚約者候補だった男から、よりを戻そうと迫られていた。そんな状況で、私と婚約していると勝手に宣言したのだ。

正直、余計なお世話だと睨まれるかもしれない、と危惧していた。しかしながら彼女も、私と結婚するつもりだと宣言してくれた。

どうやら、気持ちに変わりはなかったようだ。

国王陛下や王妃殿下に祝福され、なんとかその場を乗り切ったように思える。

彼女からも感謝された。

ホッとしたのも束の間のこと。彼女は吐血し、今にも倒れそうだった。

何か重篤な病に罹《かか》っているのかと問いかけても、首を横に振る。

倒れる間際に、彼女は私に懇願する。

祖母のドレスを血で汚したくないので、脱がせてほしいと言ってきたのだ。

何を言っているのか。命よりも大切なドレスなどないのに。

そう思ったものの、彼女の願いを叶えたいと思い、ドレスを脱がさずに血が付着しないよう、体全体をシーツでぐるぐる巻きにするという対処した。そんな状態で連れ帰ったものだから、祖母から死体を持ち帰ったのではないか、と驚かれてしまった。

心配していた彼女の容態についてだが、最初の医者は異常なし。祖母が懇意にしていた医者は精神の疲弊による不調ではないか、と診断していた。

しばらくは祖母のもとでのんびり暮らしてほしい。そう願ってしまった。

突然現れた女性――エルはいつの間にか、私の中で存在感を増していた。

彼女を通して見る世界は色鮮やかで、時に美しいと思える瞬間があったように思える。

暗闇を歩いているような人生を送っていた私が、このような感覚を覚えるなど、誰が想像できただろうか。

もう、彼女を二度と手放すつもりはない。何があろうと守っていくつもりである。

それが私なりの深い愛情だと気付いたのは、ずっとあとの話だった。

あとがき

こんにちは、江本《えもと》マシメサです。この度は『死の運命を回避するために、未来の大公様、私と結婚してください』の上巻をお手に取ってくださり、誠にありがとうございました。

こちらの書籍は上巻、下巻の同時発売となっております。

同一シリーズを同じ月に発売するというのは、作家人生でも初めてでした。

スケジュールの進行など、とてつもなく大変だったのですが、完結まで一気に刊行していただけて、本当に嬉しかったです。


この物語はシンデレラみたいな物語を書こう、と思い立ち、執筆を開始しました。

意地悪な継母に継子、死んでしまう父親、とお馴染みのキャラクターが登場しますが、魔法使いはいません。

その分、主人公のエルーシアには予知夢をみる、という不思議な能力を発揮し、未来を切り開きます。

クラウスはキラキラな王子様タイプではなく、悪魔の名が囁かれるような、少しダーク系なキャラクターとなっております。

王道ではないシンデレラストーリーですが、お楽しみいただけたら嬉しく思います。

そして今回、冨月一乃《とみづきいちの》先生にイラストを担当していただきました。

エルーシアは華やかでかわいく、クラウスは精悍でかっこよく、すてきなキャラクターの数々を描いていただきました。

表紙絵は本当に美しくて、しばし見入ってしまいました。

冨月先生にご担当いただけて、とても幸せでした。ありがとうございました！

物語は下巻へと続きますが、最後までエルーシアとクラウスの物語を見守っていただけたら嬉しく思います。

ファンレターはこちらの宛先までお送りください。

〒110-0015　東京都台東区東上野2-8-7
笠倉出版社　Niμ編集部

江本マシメサ 先生／冨月一乃 先生

死の運命を回避するために、未来の大公様、私と結婚してください！上巻

2023年12月1日　初版第1刷発行

著者
江本マシメサ

発行者
笠倉伸夫

発行所
株式会社　笠倉出版社
〒110-0015　東京都台東区東上野2-8-7
[営業]TEL　0120-984-164
[編集]TEL　03-4355-1103

印刷
株式会社　光邦

装丁
AFTERGLOW

Niμ公式サイト　https://niu-kasakura.com/

ISBN　978-4-7730-6432-2
Printed in Japan